Die Leiden des jungen Todor

Todor Ovtcharov

Die Leiden des jungen Todor

90 KOLUMNEN AUF DEM WEG
ZUM ERWACHSENWERDEN

redelsteiner
dahimène
edition

redelsteiner dahimène edition, Wien
www.rdedition.com
Umschlag, Gestaltung und Satz:
Büro für Gestaltung, Wien – Patrick Anthofer, Harald Göstl
Lektorat: Heike Hauf
Umschlagfotos: Dimiter Ovtcharov
ISBN: 978-3-9503359-4-1

An Janina und Svetoslav

Vorworte

Ich muss zugeben: Bisweilen beneide ich Todor. Er ist jünger, sieht besser aus als ich, sein Deutsch ist deutlich geschliffener als mein Bulgarisch, ... und: Ich liebe seine schlafwandlerische Stilsicherheit, mit der er politische Unkorrektheit betreibt. Sexismus, Demokratie, Minderheiten oder alltägliche Unzulänglichkeiten. Er rotzt charmant dorthin, wo andere mit Anlauf ins Fettnäpfchen springen würden. Und er tut es mit einer vordergründigen Naivität, die man nur haben kann, wenn man alles andere als naiv ist. Wenn er über sein „Omahandy" schreibt, erfahre ich mehr über Kommunikation und Konsumzwang als in klugscheißenden Feuilletons – seine persönliche Betrachtung bulgarischer Parlamentsbelagerung ist für mich lehrreicher als die Nachrichten. Das zeitigt heftige Diskussionen im FM4 Forum, und das ist gut so. Ich habe eine natürliche Abneigung gegen die „wir sind uns alle einig, weil wir alle wissen was richtig ist"-Mentalität, und die bedient Todor ganz bestimmt nicht. Dass er das unterhaltsam und klug in einer Sprache tut, die nicht seine Muttersprache ist, sei nur am Rande erwähnt. Er meint, dass seine Texte „den Problemen der Migranten gewidmet" sind. Das wäre mir ehrlich gesagt nicht aufgefallen. Ich finde, dass seine Texte Menschen im Allgemeinen gewidmet sind (ja, wirklich!). Ich erkenne mich selbst darin, mag seine Rezeption der Umwelt und seine Reaktionen darauf. Und wenn die Themen Migranten gewidmet sind, dann so unaufdringlich, dass ich mich weder belehrt noch schuldig fühlen muss. Kein erhobener Zeigefinger, sondern erhobene Mundwinkel zum spitzbübischen Grinsen geformt – das kann man nur, wenn man über den Dingen steht und nicht zum Jammern neigt. Ganz abgesehen davon: wenn mir das Essen schmeckt, hinterfrage ich nicht warum es mir schmeckt. Wenn mir Texte gefallen, tue ich das auch nicht. Sollten aber Sie, werter Leser, hochverehrte Leserin mit den Texten dieses Buches unzufrieden sein, nimmt sie der Verlag gerne unentgeltlich zurück. Ganz bestimmt! Und was die wenigsten wissen: Todor Ovtcharov ist meistens sehr unrasiert.

— Clemens Haipl

Vor Jahren bekam ein Freund von mir den folgenden Brief: „Ich schreibe dir langsam, da ich weiß, dass du nicht schnell lesen kannst…“ Dieses Buch wurde in fünf Jahre geschrieben. Nicht, weil ich ein besonderer Perfektionist bin. Auch nicht, weil ich so faul bin (meine Eltern mögen eine andere Meinung darüber haben). Das Buch beinhaltet meine Kolumnen, die im Magazin „Biber“ und beim Radiosender FM4 veröffentlicht wurden. Sie spiegeln die Ansichten eines in Bulgarien geborenen und in Wien lebenden „Low-life-Experten“ wieder. Die Texte sind kurz und ähneln kurzen Fernsehsequenzen, die man beim Zappen mit der Fernbedienung empfängt. Sie beinhalten Liebe, Sex, Leiden, Politik und Kultur. Die Menschen von heute lesen schnell. Sie sind nicht wie mein Freund, der den Brief bekam.

Die gesammelten Geschichten werden nun unter dem lustigen Titel „Die Leiden des jungen Todor“ als ein Buch herausgegeben. Ihr wisst vielleicht, dass nach Goethes Werk die Welt mit Nachfolgern von Werther überschwemmt wurde. Bitte folgt meinem Beispiel nicht.

Dieses Buch ist die Geschichte meines Erwachsenwerdens: aus einem verwirrten Jungen ist ein noch verwirrterer bärtiger Mann geworden. Also das Buch wurde in fünf Jahren geschrieben. Den Angaben einiger Leute zu Folge liest man es in fünf Stunden. Viel Spaß!

— Todor Ovtcharov

Inhalt

Die Hände des Diktators

Ich heiße Todor. Wie mein Opa. Als ich klein war, haben alle über mich gescherzt, dass ich nach dem kommunistischen Diktator Todor Zhivkov benannt sei. Das hat mich immer zutiefst verletzt. Zu Hause galt Todor Zhivkov als eine furchterregende Gestalt. Ich wollte gar nicht, dass irgendwer meinen Namen zusammen mit seinem nannte.

Da meine Familie mit dem Kino verbunden ist, wurde ich als Kind immer für irgendwelche Rollen ausgesucht. In meinem ersten Film spielte ich als ich sechs Jahre alt war. Meine einzige Erinnerung an den Film ist, dass ich ein langes Gedicht auswendig lernen musste. Ich konnte es nicht. Als ich das Gedicht aufsagen sollte, fing ich vor laufender Kamera an zu weinen. Ich wusste nicht, dass genau dieses spontane Weinen das Ziel des Regisseurs war.

Dann spielte ich ein radioaktiv verstrahltes Kind, das wieder Tränen im Publikum erwecken sollte. Meine nächste Rolle war in einem Krimi und ich wurde aus einem Fenster geworfen. Der Höhepunkt für mich als Schauspieler war eine Hauptrolle (geteilt mit meinem Bruder, aber mein Name kommt in den Endtiteln zuerst).

Mit dem Ende meiner Kindheit endete auch meine Schauspielkarriere. Ich konnte das Publikum mit meiner Eselsstimme nicht mehr zum Weinen bringen.

Bis zu jenem Sommer, wo ich eingeladen wurde, Todor Zhivkov zu spielen. Er wäre heuer hundert Jahre alt geworden. Geboren wurde Todor Zhivkov am 7. September 1911 im kleinen bulgarischen Dorf Pravetz. Trotz fehlender Bildung entwickelte sich Zhivkovs Karriere bei der kommunistischen Partei sehr schnell. Er zeigte Qualitäten, die für einen Politiker damals wie auch heute wichtig sind – tiefe psychologische Kenntnisse seiner Feinde und Freunde, extreme Selbstsicherheit und Brutalität. Nach dem Kurs der „Entstalinisierung" der kommunistischen Parteien des Ostblocks unter Chruschtschow wurde 1954 der überzeugte

Stalinist Zhivkov zum jüngsten Staatsoberhaupt des Warschauer Paktes ernannt. Zhivkov regierte Bulgarien fünfunddreißig Jahre lang, unter allen Staatsoberhäuptern des Warschauer Paktes war er derjenige mit der längsten Amtszeit.

Ich spielte in einem Dokumentarfilm mit einigen wenigen Spielfilmepisoden, die alle nur mithilfe von Close Ups gedreht wurden – Füße, Hände und Gegenstände. Ich hatte die Möglichkeit, die Gesten Todor Zhivkovs zu studieren. In einer einzigen Episode bin ich sogar Todor Zhivkov in voller Körpergröße. Na ja, von Weitem zu sehen und nur von hinten, aber immerhin von Kopf bis Fuß Todor Zhivkov.

Nichts geht in unserem Leben verloren. Sogar die blöden Witze. Früher brachten sie mir Tränen der Wut. Heute bringen sie mich nur zum Lachen. Die Menschheit soll sich lachend von ihrer Vergangenheit trennen, sagte mal Karl Marx. Eigentlich weiß ich gar nicht, ob Zhivkov Marx je gelesen hat.

Vier Kilometer von der Hoffnung entfernt

Ich lebte fünfzehn Jahre lang in Obelia, dem angeblich gefährlichsten und verruchtesten Randviertel Sofias. Wie ein Freund zu sagen pflegte, der einzige Ort, an dem er gerne Geld für ein Taxi ausgibt, nur um da rauszukommen, ist Obelia.

Obelia wird vom nächstgelegenen Bezirk „Hoffnung“ (die Bezirke in Bulgariens Hauptstadt heißen „Freundschaft“, „Jugend“, „Freiheit“ und „Hoffnung“) durch ein vier Quadratkilometer großes Feld getrennt. Woher der Name Obelia kommt, weiß keiner. In unserer Familie erzählte man sich die Geschichte von italienischen Kreuzrittern, die durch die Gegend marschierten, das schöne Vitosha Gebirge bei Sofia sahen, sich auf den Boden knieten und voller Verwunderung „O Bella!“ riefen. Das hörten die Einheimischen, sprachen es slawisch aus und so entstand der Name Obelia. „Nur vier Kilometer von der Hoffnung entfernt“, scherzten wir in unseren Schuljahren immer.

Mein vierzehnstöckiger Block befand sich am Rande von Obelia. Im neunten Stock, in dem ich wohnte, konnte man das Feld und den Ort Hoffnung (dort befanden sich nur langweilige Plattenbauten) sehen. Mein Block war der prominenteste in ganz Obelia. Nicht, weil er anders als die anderen gebaut war oder jemand ganz Wichtiges dort wohnte – es war der einzige weiße Block in Obelia. Alle anderen waren grau, gelblich oder dunkelgrün. Nur unserer stand dort wie ein weißer Riese und ich glaube, dass sogar die Bewohner von Hoffnung, die den Block auf der anderen Seite des Feldes sehen konnten, auf seine vollkommene weiße Farbe neidisch waren. Jeder andere Block in Obelia hatte eine Nummer, nur dieser war bekannt als „der weiße Block“. An die Nummer konnte sich keiner erinnern. Vor dem Block gab es zwei Bänke und zwei kleine Trauerweiden, die der Hausmeister selber gepflanzt hatte und auf die er zudem besonders stolz war. Auf den Bänken saßen immer dieselben drei alten Frauen, die alles über die Bewohner des weißen Blocks wussten. Und nur schwer konnte etwas vor ihnen geheim gehalten werden.

In der Geschichte des weißen Blocks gab es drei wichtige Ereignisse: Einmal wurden wir Meister in der inoffiziellen Obelia Fußballmeisterschaft (die natürlich auf dem Feld ausgetragen wurde). Onkel Emo, der LKW-Fahrer vom zehnten Stock, schoss zwei Tore und Vlado, der etwas verrückte Zeitungsverkäufer vom ersten, hielt einen Elfmeter. Das war ein Jubel! „Wir haben gegen Block 267 2:0 gewonnen!“ Da fuhr Vlado in den nächsten paar Wochen stolz in seinem Lada durch Obelia. Aus seinen aus Plastiktonnen gemachten Boxen erklang fröhliche Popfolkmusik.

Kaum einen Monat später geschah auch schon das zweite große Ereignis im weißen Block: Onkel Misho, unser Hausmeister, der, der die Trauerweiden gepflanzt hatte, gab das ganze Geld der sommerlichen Wasserversorgung für Traubenschnaps aus. Die Behörden kamen und mitten im Juli wurde unser Wasser abgestellt. Einen Monat lang hatte der ganze weiße Block kein Wasser. Da waren die Bewohner des weißen Blocks nicht mehr so angesehen, wie nach dem errungenen Fußballsieg und man konnte sie an ihrem starken Schweißgeruch erkennen. Onkel Misho wurde auch einige Male öffentlich zusammengeschlagen, doch das änderte nichts an der Lage.

Vlado, der Torwart, schaffte es irgendwie, ein Loch in die öffentliche Wasserleitung zu bohren und alle Blockbewohner mit Wasser zu versorgen. Die Menschen standen Schlange vor dem kaputten Rohr, um Wasser für ihren Alltag zu besorgen. Irgendwann hatten alle wieder genügend Geld gesammelt und das Wasser lief wieder. Das Gute daran: Die Krise stärkte die Solidarität der Blockbewohner.

Das dritte Ereignis war ein trauriges: Es war die Zeit der Pyramidenunternehmen. Mitte der Neunziger gab es in Bulgarien unzählige Banken, die mit dreißig Prozent Zinsen lockten. Da sich die bulgarischen Bürger wenig mit Finanzen auskannten, sahen sie in diesem Angebot einen magischen Weg, ihre Ersparnisse zu vervielfachen. Nach ein paar Monaten gingen all diese Banken pleite und ihre Leiter verschwanden mit dem Geld nach Costa Rica. Eine sehr nette Frau aus dem elften Stock hatte ihr ganzes Geld verloren. Sie wusste nicht mehr weiter und stürzte sich aus dem Fenster. Unsere bürgerliche Gesellschaft sei jung und wir sollten daraus lernen, wurde uns in den Nachrichten mitgeteilt. Nur für die nette Frau aus dem elften Stock des weißen Blocks war das die letzte Lektion.

Der normalerweise fröhliche und immer laute weiße Block verstummte. Alle weinten zu Hause und der weiße Block war irgendwie grau, wie alle anderen in der Gegend. Ein paar Jahre später zog ich mit meiner Familie weg aus Obelia in ein besseres Viertel von Sofia. Wir hatten jetzt ein

Haus im Vitosha Gebirge, wo eigentlich nur reiche Leute wohnten. Doch wenn ich auf der Terrasse unseres Hauses stand, konnte ich immer noch Obelia sehen, mit dem weißen Block im Vordergrund, nur vier Kilometer von der Hoffnung entfernt.

Das Leben ist ein Spielplatz

Friedrich Schiller entwickelte als Erster in seinen Briefen „Über die ästhetische Erziehung des Menschen" die Theorie des „Homo Ludens" – des spielenden Menschen. Sie erklärt, wie Menschen ihre Fähigkeiten im Spielen entdecken können, weil spielen Handlungsfreiheit bedeutet und eigenes Denken erfordert.

Ich verbrachte meine Kindheit auf verschiedenen Spielplätzen in Sofia – ohne den blassesten Schimmer zu haben, wer Friedrich Schiller war. Zu dieser Zeit gab es noch keine Playstation, kein Skype, nicht einmal ferngesteuerte Autos. Im vierzehnstöckigen Plattenbaublock waren wir Ritter, die die Prinzessin vor dem bösen Hüter der Rutsche retten mussten, Kosmonauten, die mit der Holzrakete ferne Planeten bereisten und Piraten, die mit dem Spielboot nach verborgenen Schätzen suchten.

Ich kann mir vorstellen, dass alle Kinder in Sofia die gleichen Sachen spielten. Alle Spielplätze in der Hauptstadt Bulgariens sahen einfach gleich aus. Die sozialistische Stadtplanung glänzte nicht unbedingt durch besondere Kreativität. Rutsche, Spielboot und Holzrakete gab es in jedem Wohnviertel von Sofia. Immer das gleiche Modell. Ich erinnere mich genau an den Tag, als ein neuer, moderner Spielplatz nach deutscher Planung mit Autoreifenschaukel und einer wunderschönen Stahlrutsche im Zentrum von Sofia eröffnet wurde. Kinder aus allen Teilen der Hauptstadt, ja sogar aus ganz Bulgarien, stürzten sich wie wild auf diese Wunder der Technik. Man musste manchmal bis zu einer Stunde warten, um einen Platz auf der Schaukel zu ergattern.

Seit fast drei Jahren lebe ich in Wien. Es waren nicht die barocken Kirchen, das Haus Mozarts oder die weltbekannten Gemäldesammlungen, die mich zu Beginn in der ehemaligen Hauptstadt des Habsburger Reichs am meisten faszinierten. Es waren die unterschiedlichen und sehr einfallsreich gebauten Spielplätze. Sie weckten meinen Neid auf österreichische Kinder.

Meine Verwunderung war allerdings sehr groß, als ich begriff, dass da überhaupt keine österreichischen Kinder spielten. Anscheinend haben österreichische Eltern noch nichts vom „Homo Ludens" gehört. Österreichische Kinder sollen ihre Fähigkeiten anscheinend nicht durch Spiele entdecken lernen. Diese Eltern haben einen ganz klaren Plan für ihre Zukunft. Am Montag haben die Kinder Ballet, am Dienstag Französisch, am Mittwoch Turnen, am Donnerstag Gitarre und so weiter. Wenn da überhaupt Zeit zum Spielen bleibt, verbringen die Kinder diese vor dem Computer oder vor diversen Spielkonsolen. Die Spielplätze wurden von Kindern mit Migrationshintergrund übernommen. Während Franz und Johannes zu Hause bei ihren Babysittern sind, rutschen und schaukeln Murat und Dragan den ganzen Tag auf diesen wunderbaren Spielplätzen.

Ich habe – Sigmund Freud würde möglicherweise seine eigenen Schlüsse daraus ziehen – etwas in meiner Kindheit versäumt. Deshalb leiste ich Murat und Dragan gerne Gesellschaft. Wenn ich eine Rutsche sehe, empfinde ich ein unwiderstehliches inneres Bedürfnis zu rutschen. Nirgendwo in Wien fühle ich mich wohler als auf Spielplätzen. Meine Freunde lachen mich öfters aus, weil ich viel lieber auf einer Schaukel meine Zeit verbringen will als in einem Lokal.

An meinen letzten zwei Geburtstagen war ich ganz allein in Wien. Ich kannte niemanden. Ich kaufte eine Flasche Wodka, ging auf einen Spielplatz, kletterte, rutschte und schaukelte die ganze Nacht lang. Ich rettete schöne Prinzessinnen, entdeckte ferne Planeten und suchte nach verborgenen Schätzen – genau wie in meiner Kindheit. Da fiel es mir leicht, mein miserables Dasein zu vergessen. Es interessierte mich nicht mehr, dass ich aufgrund meines ausländischen Passes nirgendwo einen Job bekommen konnte, dass mich die Vermieterin wieder mit der Fremdenpolizei bedroht hatte oder dass sich jeder, der mich liebte, eintausenddreihundert Kilometer entfernt von mir befand.

Liebe Wiener, wenn ihr einen unrasierten, ein bisschen komisch aussehenden jungen Mann auf dem Spielplatz nebenan rutschen oder schaukeln seht – keine Angst und ruft bitte nicht die Polizei. Ich will nur das nachholen, was ich als Kind nicht hatte.

Das schwache Geschlecht

Zu Beginn des 20. Jahrhunderts staunte der französische Dichter Guillaume Apollinaire in einer seiner Erzählungen über den uralten Brauch des „Brautstehlens“. In verschiedenen Teilen der Balkanhalbinsel wird das junge Mädchen von dem Burschen, der sie mag, vom Dorfplatz entführt und schnell versteckt. Nachdem er sie geschwängert hat, kann sie stolz seine Frau werden. Das Ritual erschien dem Bourgeois schon damals ein bisschen barbarisch – doch jeder träumte insgeheim davon, an der Stelle des Jungen zu sein und das Mädchen stolz auf Händen ins Dorf zu tragen.

Heute kann vom „Brautstehlen“ kaum die Rede sein. Die Männer werden einfach gewählt, sie haben kein bisschen Mitspracherecht. Und die Kriterien für diese Wahl sind keinem Mann auf dieser Welt klar. Wenn einer behauptet, dass er sie versteht, lügt er. Es gibt kein stolzes „Brautstehlen“ mehr, sondern vielmehr ein „Pick-a-man-they-all-love-you“. Und so – als Teil des schwachen Geschlechts – bist du gezwungen, für jede Frau, die dir ein kleines bisschen Aufmerksamkeit schenkt, dein Leben zu opfern. In einem Song der bulgarischen Band _Wickeda_ wird gesungen: „Ich legte mich hin vor jeden Panzer, der vorbeikam und dann zahlte ich das Taxi, damit er gut nach Hause kommt".

Ich saß neben der Stereoanlage auf einer Party in Wien, die ganz anders war als die Partys, die ich bisher kannte. Es gab keine betrunkenen Menschen, die irgendwelche Sachen aus den Fenstern warfen. Alle verhielten sich ganz friedlich, saßen um einen Tisch herum und redeten über etwas ganz Wichtiges. Kunst, Kultur und den Weltfrieden. Ich versuchte, einen Jungen aus Australien für die bulgarische Band _Panican Whyasker_ zu begeistern und trank ruhig meinen Whiskey, als sich Luisa neben mich setzte. Ich kannte sie als Freundin eines Freundes und wusste, dass sie aus Deutschland kam. Aus Karlsruhe. Wo Karlsruhe ist, weiß ich heute immer noch nicht ganz genau. Ob Luisa Sofia kannte, war ich mir auch nicht so sicher. Irgendwann fing Luisa an, mich am Arm zu streicheln. Ich tat mir schwer, mit dem Australier weiter darüber zu streiten, ob U2 die schlimmste Band der Welt ist, und begriff, dass mich Luisa mochte. „Ich schlafe in einem Doppelzimmer im Studentenheim", sagte ich. „Und ich auf einem Doppelbett", erwiderte Luisa. Es war klar, dass wir die Party gemeinsam verlassen würden. Wir stiegen in die Nightline und bald waren wir bei Luisa zu Hause. Ihr Zimmer sah wie ein Dschungel aus, viele Pflanzen und viele Fotos von Luisa selbst. Sie hatte ein Jahr in Neuseeland verbracht und wollte wieder dahin.

Ich versuchte meine Socken, möglichst weit entfernt vom Bett zu werfen, denn den Geruch konnte selbst ich nicht besonders leiden. Luisa machte ein paar geheime Lampen an und die Atmosphäre wurde romantisch. Wir hörten _Morcheeba,_ ganz banal eigentlich. Ich glaube, bei jeder zweiten sexuellen Erfahrung, die ich gemacht habe, lief die Musik von Morcheeba. Dann kam die große Überraschung – Luisa stöhnte auf Deutsch. So etwas hatte ich noch nie gehört. Stöhnen auf Deutsch verband ich immer mit einem Kabelsender in Sofia, der Mitte der Neunziger Pornofilme aus Deutschland ausstrahlte. Sprüche wie „Oh mein Gott" und „ Ja, ja, spritz mich, spritz mich" waren so etwas wie Folklore bei den Jugendlichen in meinem Heimatviertel geworden.

Danach erzählte mir Luisa von Neuseeland und ich ihr von Sofia. Sie war Anthropologiestudentin und durch mich erforschte sie Osteuropa. Nach dem kräftigen Frühstück, das mir Luisa machte, ging ich aus dem Haus und dachte mir, dass es schon Vorteile hatte, zum schwachen Geschlecht zu gehören.

Vor der Wand, nach der Mauer

An den 9. November 1989 erinnere ich mich gut. Ich saß im Hof unseres Kindergartens und zeigte den Kindern das hohe Gebäude des Bezirksparteihauses. Die verspiegelten Fenster des stalinistischen Barockhauses reflektierten ein paar verlorene Sonnenstrahlen. „Schaut", sagte ich zu den Kindern, „so ein großes Haus und drinnen nur Leute, die in ihren Büros sitzen und mit den Beinen wippen und die Daumen drehen." Die Kindergartentante hörte meine Kritik an der sozialistischen Verwaltung. Sie wurde ganz blass, schob rasch ihren Zeigefinger vor den Mund. „Pscht!" Flugs vertrieb sie die Kinder und gab mir eine schallende Ohrfeige. Zur Strafe ließ sie mich den Rest des Tages mit dem Gesicht zur Wand in der Ecke stehen. In mir kochte es! War es doch mein Papa gewesen, der genau das so gesagt hatte! Und er hatte immer recht! Doch es änderte nichts. Ich stand da, Gesicht zur Wand. Die Tante verbot den Kindern, sich mir zu nähern. Auch Essen gab es an diesem Tag für mich keines. Damals lernte ich, Autoritäten zu hassen.

Am Abend dieses Tages fiel die Berliner Mauer, am nächsten Tag hatten wir frei.

Genau zehn Jahre später sah ich die Mauer zum ersten Mal. Meine Mutter hatte eine Stelle im diplomatischen Dienst in Berlin bekommen und mein Bruder und ich zogen mit ihr nach Deutschland. Damals sah ich auch zum ersten Mal in meinem Leben einen westlichen Supermarkt. Welch Wunder: Zehn Sorten Brot! Zwanzig Sorten Käse! Dreißig Sorten Limonade! Ich kam aus dem Staunen nicht heraus und irrte wie verzaubert zwischen den Regalen umher. Ich lief stundenlang durch Kaufhäuser, probierte Sportschuhe. Ließ mich von den Lichtern der Großstadt verführen. Aber nicht nur die Kaufhäuser machten mein Berlin zu einer bunten Welt: Die bulgarische Botschaft befand sich an der Ecke Friedrichstraße / Leipzigerstraße, nur zweihundert Meter weiter war der Checkpoint Charlie. Seit der Wende wurde der Botschaftsblock vermietet und meine Nachbarn stammten aus aller Herren Länder. Beim Italiener nebenan gab es regelmäßig Pasta. Guiseppe sang beim Kochen Rino Gaetano und erfüllte alle meine Klischees von einem richtigen Südländer. Der Mongole, der ziemlich kräftig gebaut war, half uns einmal mit dem Tragen unserer Waschmaschine. Die Hälfte meiner Schulkameraden stammte aus der Sowjetunion und ich lernte schnell, auf Russisch zu fluchen. Mit den Kindern meiner kurdischen Nachbarn kickte ich täglich im Innenhof und ehrlich gesagt – gewonnen habe ich nie.

Damals war Berlin dabei, sich zu einer Weltmetropole zu entwickeln. Ich fühlte mich als wichtiger Teil dieses Systems. Vergessen waren Krieg, Europas Teilung und das Ducken vor selbsternannten Autoritäten.

In dieser Zeit sah ich auch zum ersten Mal den Film „Der Himmel über Berlin" von Wim Wenders. Ich lernte, die immer noch offenen Narben des eisernen Vorhangs zu fürchten und meine Freiheit zu schätzen.

Heute, zwanzig Jahre später, sprießen auch in Sofia Shoppingmalls wie Pilze nach dem Regen. Sie sind voll mit den neuesten Waren und Wundern. Madonna hat vor Kurzem im Nationalstadion von Sofia gesungen. Bulgarien ist Mitglied der EU, die Chancen für eine gute Zukunft und einen fairen Job könnten besser nicht sein. Nur eines fehlt mir dort: das bunte Miteinander. Deshalb zog ich nach Wien. Wie wütend war ich, als ich begriff wie viele das Multikulturelle hier hassen! Unwillkürlich sah ich vor mir die Kindergartentante, die mich mit einer schallenden Ohrfeige ins Eck verbannt hatte. Hey Leute! Was ist los mit euch? Es ist doch wunderschön, dass so viele verschiedene Menschen zu euch kommen! Jeder hat ein Gesicht, eine Geschichte. Jeder hat Träume. Das vereinte Europa war vor zwanzig Jahren nur ein Traum. Und damals im Kindergarten in der Ecke habe ich geträumt, dass auch diese Wand fällt.

Always look on the bright side of life

Wenige laufen mit einem Lächeln durch die Straßen von Sofia. Ich tue es immer, denn Gründe optimistisch zu sein, finden sich schon. Die Hälfte der Taxifahrer am Flughafen schwindelt nicht mehr, wenn es um Preise geht, in der Stadt sieht man um die zwanzig Radfahrer und von der neuen Regierung können zwei Minister Englisch. Das sind ja schon drei Gründe zur Freude. Trotzdem fragte mich im Bus, mit dem ich in Sofia nach Hause fuhr, neulich ein älterer Mann, dem mein breites Grinsen anscheinend verdächtig vorkam: „Sind Sie krank oder sind Sie Amerikaner?“

In Bulgarien fängt gerade das neue Schuljahr an. Der Kulturminister, Vezhdi Rashidov, hielt im Kunstgymnasium von Sofia zum ersten Schultag eine Rede. Er hat dort auch selbst maturiert. „Lernt fleißig“, sagte der leicht angetrunkene Rashidov, „ich habe in der Schule nur schlechte

Noten gehabt und bin Minister geworden.“ Anscheinend wollte er die Jugend vom Job des Regierungsbeauftragten fernhalten. Und ehrlich gesagt, ist das wirklich keine erstrebenswerte Karriere. Der Landwirtschaftsminister Naidenov eröffnete ebenfalls in seiner ehemaligen Schule den Unterricht. Der erzählte dabei stolz, wie er sich während seiner Schulzeit doppelte Taschen angenäht hatte, um Wurst von der Fleischerei ums Eck mitgehen zu lassen. Wie soll man das Lachen unterdrücken, wenn man von solchen Witzbolden regiert wird?

Die jungen Menschen verlassen Bulgarien. Sie erwarten, dass im Westen für sie Milch und Honig fließt. Bald ist es mit ihrem Optimismus aber wieder vorbei. Auch in Wien laufen nur wenige mit einem Lächeln durch die Straßen. Egal ob Einheimische oder Zugewanderte. Ich habe versucht, sie zu zählen, bei dem Spaziergang heute. Außer den Gesichtern auf den Werbepostern habe ich keine gesehen. Am breitesten lachen die blauäugigen Schönlinge, die behaupten, dass die Ausländer an allem schuld sind. Ist ja auch ein Grund zum Lachen. Mein Spaziergang auf der Suche nach einem Lächeln war vergebens.

Ich fand es erfrischend, zu Hause angekommen meinen Freund Bat Gogo zu sehen, der momentan bei mir wohnte. Bat Gogo ist der größte Optimist, den ich kenne. Er kam vor einem halben Jahr nach Wien, mit neunhundert Euro in der Tasche, die seine Mutter lange gespart hatte. Gogo liebt das Risiko. Er ist glücksspielsüchtig. Die Ersparnisse der Mutter waren schnell weg. Um sich zu ernähren, singt Gogo im Chor einer russisch-orthodoxen Kirche. Jeden Tag betet er zu Gott, damit er ihm nachts Glück im Casino bringt. Wenn er gewinnt, ist er der Partykönig von Wien. Aber auch wenn er verliert, fällt sein Lächeln nicht von seinem Gesicht. „Brüderchen“, sagte er mir, „Hauptsache, wir leben und sind gesund.“ Das nenne ich fundamentalen Optimismus. Keine Sorge Gogo, eine Zigarette und etwas zum Essen findet sich für dich immer.

Meiner Generation wurde eine Freiheit geschenkt, die sich die Generation meiner Eltern nicht selber erkämpfen konnte. Wir wussten nicht, was wir mit dieser Freiheit anfangen sollten. Viele haben versucht, sie in ein endloses Fest zu verwandeln. Essen, trinken und tanzen auf dem Tisch ist alles, was sie glücklich gemacht hat. Am nächsten Morgen, wenn sie aufgewacht sind, hatten sie dann starke Kopfschmerzen und einen Gesichtsausdruck, als ob sie gerade in eine Zitrone gebissen hätten.

Andere, wie ich, haben versucht, ihre Freiheit zu nutzen und die Heimat zu verlassen. Wir haben erwartet, vom europäischen Optimismus angesteckt zu werden, um unser Glück zu finden. Stattdessen wurden viele von uns noch grimmiger. Ich lasse mich nicht unterkriegen, ich habe ja Bat Gogo, der mir etwas von seinem Optimismus gibt. Always look on the bright side of life.

Sonderbestellung

„Hast du Papiere", sagte mir mein zukünftiger Chef und zeichnete eine rechteckige Figur in die Luft. „Ich habe nur dieses Buch", erwiderte ich ihm und versuchte ihm die späten Erzählungen von Borges in die Hände zu drücken. Er hatte anscheinend keinen Sinn für Humor oder stand nicht auf lateinamerikanische Literatur. „Ohne Papiere geht hier nichts." Schade, er würde nicht mein Chef werden und aus meiner Karriere als Sparefroh würde wohl nichts. Ohne Papiere durfte man sich nicht wie ein Depp als Münzenmann anziehen und die Menschen zum Weltspartag begrüßen.

Ich bin EU-Bürger zweiter Klasse. Ich werde nur bei Sonderbestellungen gebraucht. Meine Karriere begann bei der Weihnachtsbestellung der Gemüsefabrik Süßenbrunn. An Weihnachten brauchen die Österreicher große Mengen Karotten. Und jemand muss sie aussortieren. Alle schlechten, schwarzen und krummen Karotten müssen weg, damit ausschließlich österreichische Möhren bester Qualität auf dem Weihnachtstisch landen. Ich habe stundenlang Karotten sortiert, wie ein Tintenfisch über dem Fließband. Alles erschien mir orange. Auch die Haut der ziemlich lebensmüde aussehenden Frauen aus der Slowakei, die sonst in der Fabrik arbeiteten. Der Chef, der herumlief und mir immer „schneller, schneller" zurief , sah wie eine große Karotte aus.

An Ostern kam wieder eine Sonderbestellung. Für eine Bäckerei in Strasshof. Wie sie an Weihnachten ohne Karotten nicht auskommen können, brauchen die Österreicher zu Ostern Unmengen von Plundern und Golatschen. Ich durfte die Kipferln mit Marillenmarmelade besprühen. Ich war der süßeste Typ der Welt. Ich hatte überall Marmelade, Puderzucker und Schokolade auf meinem T-Shirt.

Für die fröhliche Atmosphäre in der Bäckerei sorgte „Radio Niederösterreich". Sängerinen namens Jessica und Jennifer besangen die Liebe und den Schmerz. Manfred, der Krapfenmeister, summte die Lieder leise mit. Aber nicht alle Kollegen waren wie der fröhliche Manfred. Andy, der so aussah, als ob er sich ein Bügeleisen gegen das Gesicht gepresst hätte, war immer schlechter Laune. Er nutzte jede Gelegenheit, seine bulgarischen Mitarbeiter anzuschreien. Die Sonderbestellung war erledigt. Geld bekam ich nicht, meine Nachtarbeit war schwarz, denn Papiere hatte ich leider nicht. Egal ob rechteckig oder rund.

Im Sommer 2008 fand in Wien die Fußballeuropameisterschaft statt. Es gab wieder eine Sonderbestellung. Diesmal an Bier. Ich habe sehr viel Bier an Fußballfans verkauft. Manche haben gejubelt, andere über den Schiedsrichter geschimpft. Im Großen und Ganzen sind Fußballfans nette Leute.

Irgendwann mitten im Fußballgeschehen kam mein Chef und meinte, ich solle mich verstecken, weil die Fremdenpolizei komme. Als EU-Bürger sollte ich eigentlich keine Angst vor so einer Behörde haben, aber trotzdem fühlte ich mich unwohl. Mein Chef holte zwei Bier und lächelte: „Wiener Schmäh". Österreich hatte gerade ein Tor geschossen.

Ich wusste nicht, was Integration bedeuten sollte. Ich wollte mich integrieren. Immer mit den gleichen Leuten zusammen sein, die gleiche Musik hören, das gleiche Bier trinken und über die gleichen Sachen reden wurde auf Dauer langweilig. Deshalb war die Parallelgesellschaft nichts für mich. Leider stellten sich die Menschen, bei denen ich mich integrieren sollte, Integration als modernen Feudalismus vor. Bei Sonderbestellungen verlief Integration prima. Solange der Boden sauber und der Blick des Integrationswilligen nach unten gerichtet waren.

Back to the USSR

„Dieses Kraftwerk ist ein Kind der bulgarisch-sowjetischen Freundschaft!" Das stand auf einem Kamin, unmittelbar in der Nähe meiner Volksschule in Sofia. Ich fragte meine Eltern, was das bedeutet. „Blödsinn", antwortete mein Vater und schaute verärgert weg. Neugierig geworden ging ich der Sache nach und fragte meine Klassenlehrerin, was die bulgarisch-sowjetische Freundschaft bedeute. „Das ist alles Vergangenheit", sagte sie. Zu dieser Zeit wollten die Bulgaren anscheinend ihre alten Freunde vergessen. Neue Freundschaften waren angesagt.

Es war nicht immer so. Im 19. Jahrhundert zum Beispiel hatte ein Zar entschieden, dass Russland den Bosporus und die Dardanellen kontrollieren müsse. Damit konnte die russische Flotte direkt ins Mittelmeer gelangen und die englische Meeresvorherrschaft in Frage stellen. Um dieses Ziel zu erreichen, führte Russland eine Serie von Kriegen gegen das osmanische Reich. Die slawische Bevölkerung der Balkanhalbinsel sollte die Russen als Brüder und Befreier betrachten. Inwiefern sich die Machthaber im Kreml wirklich für die Schicksale der slawischen „Brüder" interessierten und ob sie nicht aus rein imperialistischen Interessen handelten, ist bis heute fraglich.

Noch einmal in der Geschichte waren die Russen die Befreier Bulgariens. 1941 erreichte die deutsche Wehrmacht die rumänisch-bulgarische Grenze. Fünf Tage mit Widerstand, drei Tage ohne Widerstand, lautete die Botschaft der Deutschen, denn sie mussten unbedingt nach Griechenland. Die tapferen Bulgaren verzichteten auf den Widerstand. 1944 stand die rote Armee an der rumänisch-bulgarischen Grenze. Die Forderungen waren gleich. So wurde Bulgarien vom Faschismus befreit und die Bulgaren und die Russen wurden wieder beste Freunde. Diese Freundschaft wurde benutzt, um alle Phänomene der sozialistischen Gesellschaft zu erklären.

Meine Eltern haben mir von einer Propagandaaufschrift auf dem öffentliche Zirkusgebäude erzählt: „Dreißig Jahre bulgarisch-sowjetische Freundschaft, dreißig Jahre Zirkus!" Wie es bei so vielen Freundschaften passiert, ist auch aus dieser eine wirkliche Liebe geworden. Zwei Mal wurde im Zentralkomitee der bulgarischen Kommunistischen Partei diskutiert, ob sich Bulgarien der Sowjetunion als 16. Republik anschließt.

Mein Freund Anton ist – genau wie das Kraftwerk und der Zirkus – ein Kind dieser Liebe. Sein Vater ging als bulgarischer Ingenieur an die Wolga. Zurück kam er mit Olga. Anton studierte klassische Gitarre in Wien. Es fiel ihm nicht leicht, österreichische Mädchen anzusprechen. Sie hatten anscheinend Angst vor seinem slawischen Akzent und mieden ihn. Neulich rauchte Anton eine Zigarette am Fenster seines Studentenwohnheimes. Auf der gegenüberliegenden Seite sah er ein wunderschönes Wesen, eine Fata Morgana, das ihm zuwinkte. Anton lernte Mascha kennen. Mit ihr kamen Ksiuscha, Lena und Natascha. Seit die bulgarisch-sowjetische Freundschaft in Österreich wieder aufgenommen wurde, haben Anton und andere Freunde von mir ein konstantes Lächeln im Gesicht. Anton spielt die Gitarre wie ein richtiges Kraftwerk. Lang lebe die bulgarisch-sowjetische Freundschaft!

Ghetto Brigittenau

Ich wohne in einem Ghetto. Einige Bezirke in Wien wetteifern zwar um diese Bezeichnung, aber wenn Wohnungspreise und der Ausländeranteil die Hauptkriterien sind, gehört der 20. Bezirk eindeutig zu den Spitzenreitern. In meinem Haus wohnen zu achtzig Prozent Ausländer, wenn man Menschen mit nicht-deutscher Muttersprache als „Ausländer" bezeichnen will. Keine Ahnung, welche Pässe sie besitzen. Mir gegenüber wohnt eine bildhübsche Asiatin, die so aussieht, als ob sie einem Mangafilm entsprungen wäre. Ihr Freund hingegen ist hässlich wie die Nacht. Gleich neben der Schönen und dem Biest wohnt Timur aus Tschetschenien mit seiner Frau, seinem kleinen Kind und einer weißen Katze. Über mir haust mein Freund Alpha aus Guinea, dem die Bekanntschaft mit unserer WG nicht gut tut, weil er keine starken alkoholischen Getränke verträgt.

Ich weiß nicht, ob es an der Kultur oder am Alter liegt, aber mit meinen österreichischen Nachbarn bin ich nie klar gekommen. Und das, obwohl ich gut Deutsch kann, als Kosmopolit erzogen wurde und einigermaßen gut aussehe. Ich fühle mich hier im Ghetto wohler, nirgendwo anders. Keine spießigen Nachbarn mehr. Keine „Ich hole die Fremdenpolizei"-Schreie mehr am Korridor. Im 20. Bezirk gibt es aber auch Gangster. Ich habe einmal einen von ihnen kennengelernt: Hakan. Er wollte mir das Handy abziehen, war dann aber zutiefst enttäuscht, dass es weniger als zwanzig Euro wert war und gab auf. Hakan wies mich darauf hin, dass der 20. Bezirk ein gefährlicher Ort für nächtliche Spaziergänge sei und dass ich aufpassen solle. Ich versicherte ihm, dass ich schon an gefährlicheren Orten gewesen war und blinzelte ihm freundlich zu. Jemals ohne Schuhe nach Hause gegangen? Ich werde niemals vergessen, wie mir in Obelia, wo ich aufgewachsen bin, die großen Jungs meine neuen Airmax ausgezogen haben. Wie es Janis Joplin schon sang: „Freedom is just another word for nothing left to lose".

Das Wort „Ghetto" stammt übrigens aus dem Italienischen und bedeutet „Guss", weil der erste Stadtteil, der für die jüdische Bevölkerung in Venedig bestimmt war, neben einer Gießerei lag. Danach stand das Wort allgemein für jüdische Viertel in europäischen Städten. Die tragische Geschichte des Warschauer Ghettos ist allen bekannt. Später wurde das Wort für amerikanische Elendsviertel verwendet. Durch die Rapper wurde das „Ghetto" zur Popkultur. Mein Freund Vassko ist ein Rapper, kommt aber aus der Stadt Nessebar an der Schwarzmeerküste. In Nessebar gibt es kein Ghetto. Nur antike griechische Architektur, Hotels und Lokale. Das war für Vassko ein großer Tiefschlag. Deshalb beschlossen er und seine Rapperfreunde, sich ein Ghetto zu erfinden: Irgendwo zwischen Hotels, Diskos, Wasserrutschen und Tavernen befand sich dieses imaginäre kriminelle Revier. Ohne Ghetto-Hintergrund kommt man als Rapper ja nicht weit. Es ist zwar nicht unbedingt erforderlich, aber auf jeden Fall hilfreich. So wie im Realsozialismus ein Arbeiterhintergrund für einen Karrieresprung nützlich war.

Es ist schön, im Ghetto von Wien zu leben. Und nicht nur als Rapper hat man es hier gut. Wenn es warm ist, sind Straßen, Spielplätze und Parks voller Menschen. Sie lächeln und verbreiten eine Energie, die in den nobleren Stadteilen verborgen bleibt. Das Leben gemeinsam zu genießen ist schöner, als es abgeschieden hinter der Wohnungstür zu konsumieren.

Kussi-Bussi

Ich habe ein großes Problem, was meine Integration in Österreich angeht. Ich komme mit diesem komischen Kussi-Bussi-Gruß nicht zurecht. Ich werde rot, fange an zu schwitzen und gerate in Panik, sobald sich irgendjemand meinen Wangen nähert. Ich habe immer Angst, dass ich etwas falsch mache, denn mein Kussi-Bussi-Partner sieht immer unzufrieden aus. Ob ich diese Person wirklich küssen oder nur berühren soll, hat mir keiner erklärt. Andauernd versuchen wildfremde Menschen ihre unglaubliche Zuneigung mir gegenüber zu zeigen, indem sie mich auf diese Weise begrüßen und ich kann nichts dagegen unternehmen. Wenn ich zu meiner Rettung schnell die Hand ausstrecken will, wirkt das extrem unfreundlich. Anscheinend ist es normal, dass sich die Leute küssen, obwohl sie sich nur ein paarmal gesehen haben.

Fast allen Bulgaren, die ich in Wien kenne, geht es ähnlich, wenn sie damit konfrontiert werden. Sie verstehen diesen Drang zur körperlichen Nähe der Österreicher absolut nicht. Was ich auch nicht verstehe ist, warum mich Menschen, die mich anscheinend so toll finden, dass sie sich bei meinem Anblick sofort mit einer Umarmung oder eben Kussi-Bussi auf mich stürzen, nie anrufen. Das finde ich sogar noch merkwürdiger als die Aufforderung, auf dem Klo nicht im Stehen zu pinkeln. Warum sollten die Gäste ins Waschbecken pissen?

Das Bedürfnis der Menschen in Österreich, gegenüber allen eine körperliche Nähe zu zeigen, kann zu gefährlichen Situationen führen. Mein Freund Emil war einmal mit seinem österreichischen Arbeitskollegen Florian in Moskau, wo sie eine Ausstellung aufgebaut hatten. Sie freundeten sich mit einem der Arbeiter in der Ausstellungshalle an. Sascha, so hieß der Arbeiter, trank jeden Tag einen halben Kanister Spiritus bei der Arbeit, den er mit einem komischen Pulver vermischte. So kam er besser in den Arbeitstag.

Die Idylle hatte bald ein Ende, Florian und Emil mussten zurück nach Wien. Sie hatten nicht gemerkt, dass es in Moskau zwei Flughäfen gab, verpassten ihren Rückflug und mussten irgendwo übernachten, da sie ihr Hotel bereits verlassen und kein Geld mehr hatten.

Sascha war ihre einzige Übernachtungsmöglichkeit. Emil rief ihn an und Sascha lud die beiden zu sich nach Hause in seinen Plattenbausarg ein, irgendwo am Rande der russischen Hauptstadt. Der Gastgeber hatte selten Besuch und deshalb kaufte er zu diesem freudigen Anlass vier Flaschen Cognac. Nach ein paar Gläsern verstanden sich Florian und Sascha prima. Florian glaubte, dass sie schon die dicksten Freunde wären und wollte Sascha unbedingt auf die Wangen küssen und mit gekreuzten Armen auf Bruderschaft trinken.

Der Russe flippte aus. Er holte ein großes Jagdmesser und versuchte Florian zu erstechen. Nach einer langen Verfolgungsjagd durch die Wohnung und vielen Überredensversuchen meines Freundes Emil gab Sascha endlich auf und ließ sich erklären, dass die Menschen in Österreich nun mal so sind. So freundlich, dass sie nicht lange brauchen, um einem um den Hals zu springen und zu küssen. Deshalb Leute, das nächste Mal wenn ihr Kussi-Bussi mit mir machen wollt, denkt lieber erst einmal darüber nach. Ich habe vielleicht ein großes Messer in der Tasche.

Heiraten

Meine Mutter sagte mir neulich, dass es endlich Zeit wäre eine Österreicherin zu heiraten.

Schließlich sei ich schon vier Jahre in Wien und vierundzwanzig Jahre alt. Ich müsse also einen Weg finden, um meiner Familie in Sofia Geld zu schicken, denn es sei mehr als unfair, von meinen Eltern finanzielle Unterstützung zu verlangen. Das Gehalt meines Vaters als Professor an der Sofioter Filmakademie sei dreimal niedriger als das eines österreichischen Supermarktverkäufers. Ich dürfe hier nicht legal arbeiten, deshalb solle ich schnell einen Weg finden, um Geld verdienen zu können. Viele bulgarischen Männer und Frauen verlassen ihr Heimatland mit dem Ziel, durch das Heiraten die gleichen Rechte wie die Westeuropäer zu erlangen.

Ich bin nicht prinzipiell gegen das Heiraten. Vielleicht werde ich doch irgendwann einer der Idioten sein, die es im 21. Jahrhundert immer noch machen. Oder wer weiß, es könnte sogar ein Hobby von mir werden und ich werde zum Nachfolger von Elisabeth Taylor. Ich weiß aber nicht, wie ich eine Braut finden soll. Ich kenne mich mit Landwirtschaft nicht aus und werde bei „Bauer sucht Frau" sicherlich nicht aufgenommen. Ich bin nicht außerordentlich stark und muskulös, also habe ich ziemlich schlechte Karten, wenn ich der Balkanlover einer österreichischen MILF werden will. Ich kann kein Auto fahren, besitze keine Immobilien, kann kein Musikinstrument spielen und bin auch kein exotischer Latino.

Ich habe mir noch nie in meinem Leben vorgestellt, dass ich irgendwann heirate. Ich war bisher auf einer einzigen Hochzeit in meinem Leben und so etwas will ich mir eigentlich nie antun. Mein Freund Peter aus Gabrovo, ein Städtchen am Rande des Balkans, heiratete eine Halb-Amerikanerin / Halb-Kärtnerin in Wien. In dem Restaurant, wo die Hochzeitsfeier stattfand gab es zwei große Tische. Auf dem einen saßen wir, die Gäste des Bräutigams, alles dunkle Balkansubjekte. Auf dem anderen die Gäste der Braut, ihre Bio-Familie aus Kärnten. Das Familienoberhaupt, Onkel Christian, der bei der Hochzeit aus der Bibel vorlas, fragte mich aus, ob wir in Bulgarien Waschmaschinen haben. Dabei habe ich mein schönstes Hemd angezogen und alles getan, um nicht schlecht zu riechen.

Nach dem dritten Glas Wein drehte Onkel Christian laute Schlagermusik auf und tanzte mit allen seinen Töchtern, Nichten und sämtlichen weiblichen Hochzeitsgästen. Dabei begrapschte er sie die ganze Zeit am Arsch.

Wenig später sind Peter und seine Frau nach Amerika abgezogen. „Weißt du was“, sagte mir Peter kurz vor ihrer Abreise, „in Amerika bin ich ein Europäer und in Österreich ein Tschusch.“

Das Elend meiner Schuljahre

Die Schuljahre sind etwas Herrliches: Man lernt viele interessante Sachen über die Welt, wird nach ein paar verkotzten Schultagen alkoholfest, erlebt die erste Fellatio und lebt im Glauben, diese Herrlichkeit werde ewig dauern. Aber die Ewigkeit besteht auch nur aus einer endlosen Kette von Momenten und wie uns Pasternak sagt, sieht jeder Moment im Leben unendlich und nüchtern aus. Wenn man die Momente aber als ein Ganzes betrachtet, verlieren sie sich in dem ungeordneten Rausch des Lebensflusses. Mein Lebensrausch fand seinen Anfang im deutschen Sprachgymnasium am „Salzmarkt“ in Sofia, an dem ich maturiert habe und das als eine der besten öffentlichen Schulen in Bulgarien galt.

Der Salzmarkt ist ein historischer Ort, an dem 1960 das Gebäude des staatlichen Zirkus in Bulgarien eingeweiht wurde und das 1983 abbrannte. Hier, wo sich die Straßen „Botev“ und „Positano“ treffen, wurde auch die traditionelle Schlacht zwischen den Schülern des deutschen Gymnasiums und des benachbarten Traktorenbautechnikums ausgetragen. Da geht es genau so hart zur Sache wie bei dem berühmten Ruderwettbewerb zwischen Oxford und Cambridge. Nur werden hier Bulgariens Nationalsportarten Ringen und Gewichtheben in der Praxis angewandt.

Als Schüler schwänzten wir oft den Unterricht. Wir verbrachten die unendlich scheinenden Stunden in Bars und Cafés, die sich in der Nähe der Schule befanden. Genau auf dem „Salzmarkt“ aber befand sich eine Baracke, in der ich und viele meiner Mitschüler sicher die Hälfte unserer Schulzeit verbrachten. Wir nannten diese klapprige Kneipe liebevoll „Das Elend“. Die Baracke bestand aus zwei Räumen. In einem gab es einen Tischfußballtisch und ein paar alte Spielautomaten. In dem anderen Raum war die Bar mit zwei Tischen und einem alten russischen Fernseher. Die Decke des „Elends“ war nicht ganz dicht und wenn es regnete, musste man aus Angst vor einen Stromschlag alle elektrischen Geräte ausschalten. Im Boden waren riesige Löcher und die Klotür ging nicht wirklich zu.

Bai Joro, der Wirt vom „Elend“, war ein alkoholisierter Ex-Maler, der ständig im Unterhemd herumlief. Seine Weisheiten prägten die Gedanken der Schüler mindestens genauso stark oder schwach wie die Weisheiten der Lehrer. Seinen Schnaps, oder besser gesagt ein unbeschreibliches hochprozentiges Getränk, das im „Elend“ nur vierzig Stotinki (ca. zwanzig Cent) kostete, tranken wir buchstäblich literweise. Den Austauschschülern aus Deutschland zeigten wir, gleich nach der Vitrine mit den sportlichen Auszeichnungen ehemaliger Schüler und dem schuleigenen Computerraum mit seinem metallenen Gitter an der Tür, das „Elend“ und präsentierten es als Teil unseres Schulalltags. Ob sie die barbarische Romantik dieses Ortes verstanden haben, frage ich mich heute noch.

„Das Elend“ wurde abgerissen. Wo früher die Baracke stand, gibt es jetzt ein riesiges Bürogebäude. „Café London“ heißt das Lokal des Officezentrums, das gegenüber dem deutschen Gymnasium steht. Ob die heutigen Schüler es besuchen, weiß ich nicht. Ich weiß nur, dass ein paar meiner Mitschüler, mit denen ich im „Elend“ gesessen habe, heute in London leben. Andere sind in Berlin, Paris oder anderswo. Wir haben uns in die Welt zerstreut. Einige werden zurückkehren, andere werden im Ausland eine neue Heimat finden. Doch eines ist sicher: Jammern werden wir nie! Denn wir wissen, wie das wirkliche Elend aussieht.

Sonntagmorgen

Winston Churchil hat angeblich mal gesagt, dass Europa da endet, wo die Menschen anfangen Kuttelflecksuppe zu essen. Ein anderer namenloser Klassiker meinte, dass der alte Kontinent hinter Wien auf der Landstraße aufhört.

Seit einem Jahr gingen mein Freund Anton und ich jeden Sonntagmorgen in den türkischen Imbiss nebenan im 20ten. „Zwei Mal Iskembe?", fragte der schnurrbärtige Verkäufer. Zwei Mal Kuttelflecksuppe. Mit sehr viel Knoblauch. Eine schöne Art seinen Tag zu beginnen. Zweiundfünfzig Mal im Jahr. Die Kuttelflecksuppe, oder auf Türkisch die Iskembe corbasi, ist eine der Lieblingsspeisen der Bevölkerung von Anatolien bis zu den Karpaten. Die Hauptzutat ist ein Tiermagen, meistens vom Rind, aber in christlichen Balkanländern auch vom Schwein. Der Magen wird mehrere Stunden gekocht, bis er weich wird. Manche entfernen die Kruste des Magens – die Innereien werden „gereinigt".

Allerdings gibt es die Geschichte vom osmanischen Sultan, der sich incognito unters Volk gemischt hatte. Er besuchte ein Gasthaus. Das Iskembe, das er dort aß, schmeckte besser als alles, was er zuvor gegessen hatte. Er beauftragte seinen Hauptkoch mit der Mission, das Geheimnis dieses außerordentlichen Geschmacks zu enthüllen. Der Koch wusste, dass sein eigenes Iskembe dem Sultan nie so gut schmecken würde. Mit Angst um seinen Kopf begab er sich in das Gasthaus, um dem Geheimnis auf die Spur zu kommen und bald kannte er es: In diesem Lokal wird der Rindermagen nicht gereinigt. Was das Tier vor dem Tod gegessen hatte, wurde mitgekocht.

Nachdem der Magen gut gekocht ist, schneidet man ihn in kleine Stücke. Es gibt verschieden Variationen der Suppenbindung. Manche verwenden Joghurt, andere Milch. In einigen Regionen brennt man die Flüssigkeit mit Mehl, rotem Pfeffer und Butter ein, anderswo werden die Hufe des Tieres dazugegeben. Am Ende wird alles mit Essig oder Zitrone und Unmengen von scharfen Peperonis und Knoblauch verfeinert. Der Legende nach soll die Suppe als Aphrodisiakum dienen. Bei mir hat das bisher nicht so gut funktioniert. Ich kenne leider keine Frau, die vom unbeschreiblichen Duft der Mischung von Innereien und Knoblauch geil wird.

Die bulgarischen Rapper „Upsurt" landeten vor ein paar Jahren einen Riesenhit mit dem Song „Sonntagmorgen" oder „Bier und Iskembe". „Statt Nescafe frühstücke ich Bier und Iskembe", wird da gesungen. Manche Kulturen frühstücken Brotaufstrich, andere Innereien. Manche verwenden Bier um betrunken zu werden, andere um wieder zu ernüchtern.

In unserem Iskembe-Lokal war die Zeit stehengeblieben. Man sollte es nicht besuchen, wenn man es eilig hatte. An der Wand hingen Bilder von der Diyarbakir-Festung, die von der osmanischen Regierung als Gefängnis für die politischen Häftlinge im 19. Jahrhundert verwendet wurde. Einige der größten slawischen Volkshelden durften sie besuchen. Wir versuchten uns an ihre Stelle zu versetzen. Wozu die Eile, wenn du dein restliches Leben tief in Kleinasien verbringen musst?

Nach der ersten Suppe konnte für meinen Freund Anton und mich der Sonntag erst beginnen. Die Schläfrigkeit und die Spuren des gestrigen Nachtlebens waren verschwunden, die Sonne schien und die Luft roch nach Knoblauch.

Wien–Sofia-Express

Ein klappriger, alter Reisebus stand auf dieser wenig befahrenen Straße. Es war knapp nach Sonnenaufgang, aber gleichzeitig lag flacher Nebel über der Ebene. Ein Bild wie aus einem Fellini-Film. Nur, dass die Situation, die sich zu entwickeln begann, keine Filmszene war. Dieser Bus war echt und hatte es aus dem fernen Sofia bis hierher, knapp hinter die österreichische Grenze zu Ungarn, geschafft. Und ich saß in diesem Bus, als die Grenzpolizei, die es nach wie vor gab, entschied, den Bus anzuhalten und zu perlustrieren. Alle Passagiere mussten aussteigen, alle Gepäckstücke ausgeladen werden.

Unter diesen vielen Koffern, Rucksäcken, Plastiksäcken, Kanistern, Dreißig-Kilo-Käsedosen und zusammengeschnürten Tuchenten war auch ein Geigenkasten. Der Geigenkasten und die Geige darin gehörten meinem Bus-Sitznachbarn. Viktor war ein junger Musiker auf dem Weg nach Wien, um im Konservatorium vorzuspielen. Als die zwei Grenzpolizisten den Geigenkasten fanden, war in ihren Gesichtern deutlich zu lesen, was sie gerade dachten: Ein Zigeuner auf dem Weg zu seinem Arbeitsplatz im Wiener U-Bahn-System.

Also sagte der Polizist: „Wem gehört die Geige?"

Viktor sagte: „Mir ... das ist meine!"

Dann sagte der Polizist: „Spielen Sie!"

Wie gesagt: Alles sehr filmisch. Einsame Straße, Sonnenaufgang, Nebel, Menschen vor einem Bus, Uniformierte, Befehle bellend.

Das konnte man eben nur „on the road" erleben. Im Bus von Wien nach Sofia. Oder in der umgekehrten Richtung.

Ich fuhr sehr oft mit dem Bus und hatte dauernd Begegnungen mit Menschen, die, wie ich, aus dem einen oder anderen Grund, diese Buslinie zwischen Wien und Sofia nahmen. Hier kam man, zahlte und stieg ein ...

Die Sitze in diesen alten Setra-Reisebussen hatten oft erhebliche Abnützungserscheinungen. Das hielt wach. Ausgenommen Sitznachbarn, die nichts wachhalten konnte und die viele Stunden auf meinen Knien lagen. Wie Maria, eine etwas dickliche Roma auf dem Weg nach Wien. Maria war eine Witwe und kam aus der Kleinstadt Ihtiman.

Nachdem ihr Mann verstorben war, übergab Maria das gemeinsame Lebensmittelgeschäft den beiden Söhnen – und machte sich auf die Suche nach einem neuen Mann. Den fand sie auch bald über eine Partneragentur. Robert arbeitete auf einer Tankstelle in Wien. Maria ließ sich Roberts Briefe übersetzen, sah sein Bild und verliebte sich unsterblich.

Sie sagte zu mir: „Er ist so anders als die Männer in Ihtiman! Er ist ein Gentleman! Und nie zuvor sah ich so schöne Zähne und so eine weiße Haut ...“

Eine andere Reise im Wien–Sofia-Express ließ mich auf Herrn Georgiev, den Kunstlehrer, treffen. Herr Georgiev stammte aus einer kleinen bulgarischen Schulstadt und war mit seiner Klasse unterwegs nach Wien. Herr Georgievs Schüler taten was alle losgelassenen Teenager tun, wenn die Eltern erstmals siebenhundert Kilometer weit weg waren: Sie tobten im Bus und erfreuten sich des Losgelassenseins und der enormen Entfernung von den Eltern.

Herr Georgiev aber war aufgeregt! Nicht wegen seiner hirnlosen Schülerhorde. Herr Georgiev war aufgeregt – wegen Herrn Klimt! Der kleine Kunstlehrer aus der bulgarischen Provinz erfüllte sich mit dieser klapperigen Reise einen Wunschtraum: Auf Armlänge vor dem Werk des großen Herrn Klimt zu stehen.

Meine letzte Reise endete mit dem Weinen von Viktors Geige. Da, auf dieser nebeligen Straße, bei Sonnenaufgang, befahl der Polizist: „Spielen Sie!“

Und Viktor spielte. Ich weiß nicht, was er spielte. Als er aufhörte, schwiegen alle. Die Passagiere, die Fahrer, die Polizisten. Die Straße schwieg, die Vögel schwiegen, die

Felder schwiegen. Kein Windhauch. Der Nebel hob sich, ganz langsam, und der Sonnenaufgang griff nach unseren Herzen.

Ich bin mir sicher, dass man Viktors Geige nie in einer U-Bahn in Wien hören wird.

Regeln sind für Weicheier

„Regeln sind für Weicheier", meint mein Freund Emil – ein Bildhauereistudent auf der Angewandten. Jeder, der sich in seinem Auto anschnallt, wird ausgelacht. Nicht nur das – Emil fährt immer halbnackt, trinkt dabei gerne Whiskey und wenn er an einer Kreuzung hält und neben ihm ein Auto mit einer schönen Fahrerin steht, lehnt er sich aus dem Fenster und schreit kräftig mit einem starken slawischen Akzent: „Ich mache dir drei Kinder!"

Da Emil für eine Weile ziemlich knapp bei Kasse war und von dreißig bis vierzig Euro im Monat leben musste, beklaute er jeden Tag den Supermarkt nebenan – in seinem Hosenbund verschwanden Kaviar, der teuerste Gouda und Meeresfrüchte. Ohne Geld ernährte er sich wie ein König. Nur einmal geriet er in Schwierigkeiten – am 6. Dezember, dem Nikolaustag. Der Heilige Nikolaus ist, anders als der österreichische Nikolo, in Bulgarien der Beschützer der Fischer. Deswegen isst man am 6. Dezember immer Fisch – einen gefüllten Karpfen mit Reis und Walnüssen. Da es aber in den österreichischen Supermärkten keinen Karpfen gab, nahm sich Emil eine Forelle und steckte sie schnell in seine Hose.

Irgendjemand vom Personal sah ihn und so packte ihn ein Sicherheitsangestellter unter dem Arm und brachte ihn ins dunkle Zimmer hinter der Feinkostabteilung. Da rief er mich an, ich sollte so schnell wie möglich kommen, um die Situation zu klären. Ich kam zur gleichen Zeit wie die Polizei. „Was ist das Problem?", fragte der Beamte. „Eine Forelle im Hosenbund", erwiderte die Supermarkt-Security. Der nette Polizist brach in Lachen aus und riet Emil, sich selber welche aus der Donau zu fischen.

Das zweite Mal als ich mit der Wiener Polizei zu tun hatte, war nach einer Schlägerei auf einer Bulgarenparty in einem Studentenheim. Der geeignete Zeitpunkt bei solchen Partys nach Hause zu gehen, liegt zwischen der Turbofolkmusik und der Schlägerei. Auf der Party war ziemlich viel los – während sich zwei Freunde von mir mit dem Feuerlöscher besprühten, versuchte ein dritter, den Bierautomaten im Gang mit einem Einkaufswagen zu hacken, indem er den Wagen mit aller Kraft gegen den Automaten prallen ließ. Irgendwann geriet alles außer Kontrolle und die Party verwandelte sich in eine Massenschlägerei. Am nächsten Tag, als die Beteiligten eine Erklärung bei der Polizei abgeben sollten, war ich wieder als Dolmetscher im Einsatz – alle wollten so schnell wie möglich die Schlägerei und die Gründe dafür vergessen, alle waren wieder Freunde, bis zur nächsten Party.

Bulgaren fahren immer schwarz, zahlen keinen Eintritt für Events und stehen dabei immer direkt vor der Bühne. So zum Beispiel beim Novarock, zu dem wir zu dritt fahren wollten und insgesamt drei Euro besaßen. Durch eine Cowboy-Strategie kann man den Schaffner im zweistöckigen Zug immer ausschalten – wenn er im ersten Stock die Fahrkarten kontrolliert, sind wir im zweiten und umgekehrt. Einen Weg über den Zaun auf dem Festival findet man immer und so konnten wir mühelos mit Eddie Vedder (der sich übrigens '94 eine Kugel in den Kopf jagen sollte) und seiner Band abrocken.

„Regeln sind für Weicheier", meint mein Freund Emil und ich stimme ihm manchmal zu. Durch Regeln wird die Zivilisation aufgebaut, von der wir im Osten immer noch weit entfernt sind. Der russische Filmregisseur Nikita Michalkow sagte neulich in einem Interview: „Die Zivilisation hat den Menschen dazu gebracht, nicht mehr das Leben und den Tod zu respektieren. Alles was wir früher aus unserem Herzen gemacht haben, wird heutzutage durch eine kalte Höflichkeit und eine Handvoll Regeln ersetzt. Wir haben vergessen, dass menschliche Gefühle und Spontanität das Wichtigste auf der Welt sind.“

Ein Bulgare in Rumänien

Ich kenne keinen anderen Bulgaren, der jemals freiwillig Rumänien besucht hat. Für die meisten Leute im Westen ist Bulgarien und Rumänien der gleiche Ort. Der Ort, wo die Verbrecher herkommen.

Mein Opa Dimiter erzählte immer liebevoll von seinem Geburtsdorf in der Nähe von Tulcea in Rumänien. Als kleines Kind war er ins bulgarische Varna ausgewandert. Oft fuhr er nach Hause und kam immer mit einem Koffer voll mit chinesischem Spielzeug zurück. Damals erschien mir dieses wundervolle Land wie das Paradies auf Erden. Ich hatte es bis letztes Jahr nicht besucht. Ich kannte auch keinen anderen Bulgaren, der jemals dort gewesen war. Für die meisten Leute im Westen war Bulgarien und Rumänien der gleiche Ort. Der Ort, wo die Verbrecher herkamen.

Erst dank einer Forschungsreise im Rahmen eines Seminars der Uni Wien kam ich nach Rumänien. Sie begann im Foyer eines Vier-Sterne-Hotels in Bukarest, wo ich bereits an meinem vierten „Ursus“-Bier nippte. Zwei stark geschminkte Frauen in kurzen Röcken betraten die Lobby durch automatische Glastüren. Sie sagten etwas an der Rezeption und huschten in den Aufzug. Irgendwie mussten ja die ausländischen Geschäftsleute, die ihr Geld in die rumänische Wirtschaft pumpten, unterhalten werden.

Unsere Rumänienführerin war meine Kollegin Clara. Sie hatte in Bukarest ein „freiwilliges soziales Jahr“ gemacht und einen Rumänien-Knall. Während der Zugfahrt nach Bukarest bewunderte Clara die rumänische Landschaft. „Oh, ein rumänischer Baum!“, schrie sie voller Begeisterung. Wir fuhren durch eine Stadt. Clara schüttete Glückshormone aus. „Oh, ein rumänischer Briefkasten!“ In Bukarest verhandelte Clara mit jedem Taxifahrer. Sie zahlte immer das Doppelte.

Wir besuchten ein von Österreich gefördertes Heim für rumänische Straßenkinder. Hier konnten sie schlafen und essen, solange sie sich benahmen, wurde uns erklärt. Im Heim gab es kein einziges Kind. Der jüngste Bewohner war siebzehn und der älteste zweiunddreißig. Die „Kinder“ umarmten und küssten meine österreichischen Uni-Kollegen. Zuneigung, wurde uns erklärt, sei das Wichtigste für diese Menschen. Darüber hinaus wurde ihnen aber ohnehin nicht viel geboten. Zur Ausbildung konnten sie nicht gezwungen werden. Wurden sie zum Arbeiten aufgefordert, flohen sie. Viktoria, eine hochschwangere Heimbewohnerin, die wie Mitte Dreißig ausschaute, aber erst neunzehn war, fragte mich, ob ich sie heiraten wolle. Mir blieb keine Zeit darüber nachzudenken, ob ich ein guter Ehemann für sie wäre, denn wir mussten zum nächsten Wirtschaftstreffen.

Ich traf in den zehn Tagen so viele wichtige Personen, wie noch nie vorher in meinem Leben. Rumänische Bürgermeister, Bischöfe und Universitätsprofessoren sprachen alle von der historischen Vernetzung mit Österreich. Bankdirektoren lobten, wie gut diese historische Vernetzung in die wirtschaftliche übergegangen war. Profit – das war das Wort, das ich ständig und überall hörte.

Im Nobelrestaurant, wo sich die Crème de la Crème des Bukarester Business traf, servierte man keine Kuttelflecksuppe. Dafür ging ein etwa fünfjähriges Roma-Mädchen mit einer Klebstoffplastiktüte in der Hand und einer Zigarette im Mund am Lokal vorbei.

Ich habe rumänische Wurzeln, wusste aber nichts über Rumänien. Ich fuhr dorthin, um zu erfahren, wie wir uns voneinander unterscheiden – das wir das tun, behaupten ja auch die Rumänen. Einen großen Unterschied habe ich aber nicht bemerkt. Sowohl die Bulgaren als auch die Rumänen erwarten, dass sie von der EU aus dem Dreck gezogen werden. Ich dachte, ich sei ins Ausland gereist, kam aber irgendwie zu Hause an ...

Wohnst du noch oder lebst du schon?

„Dein Sohn wohnt in einem Schrank", schrieb mein Vater in einer SMS an meine Mutter. Er besuchte mich in Wien und durfte meine Wohnung besichtigen.

Es ist nicht leicht in Wien eine Wohnung zu kriegen. Als ich hierher kam, versuchte ich einen Monat lang vergeblich ein WG-Zimmer zu bekommen. Ich setzte mich zahlreichen Interviews aus, in denen ich Studenten erklärte, wie nett ich bin, dass ich koche, putze, nicht rauche und Witze erzähle. Irgendwann erfuhren sie aber, dass ich aus Bulgarien kam und dann waren die ganzen Anstrengungen vergebens. Und irgendwann später geriet ich an den Rand der Verzweiflung. Ich lebte damals im Keller von Bekannten meiner Familie. Das Rohr des Toilettenabflusses verlief zwanzig Zentimeter über meinem Kopf und jeden Morgen hörte ich ganz genau, was die Familie am Abend zuvor gegessen hatte. Die zwei pubertierenden Töchter drängte es in die Disko und ständig stritten sie mit der Mutter. Ich war eindeutig fehl am Platz.

Zum Glück traf ich Stoyan. Er arbeitete als Lieferant in einer Pizzeria im 7. Bezirk. Die Eigentümer der Pizzeria – drei Brüder aus Bangladesch – vermieteten den Nebenraum der Pizzeria. Stoyan und ich zogen ein. Ich war so glücklich, dass ich endlich etwas Eigenes hatte. Es interessierte mich nicht, dass ich in einem Schrank, einer an der Decke befestigten Konstruktion, schlafen musste. Die Souterrainlage meiner Wohnung machte es dem Tageslicht besonders schwer, meinen Schrank zu erreichen, darum öffnete ich meine Augen meist auch erst mittags. Wir hatten keine Heizung und kein warmes Wasser.

Meine Vermieter wohnten mitsamt ihren Familie nebenan – zu zwanzigst auf siebzig Quadratmetern. Sie besaßen insgesamt drei Pizzerias in Wien und hätten sich eigentlich etwas viel Besseres leisten können. Aber sie waren Platzmangel gewöhnt und sparten wohl auf etwas Geheimnisvolles. Heute lebt die ganze Familie in London. Ob sie es da geräumiger haben, weiß ich nicht.

Ich brachte aus Sofia fast keine persönlichen Gegenstände mit. Nur mein „1001 Nacht"-Buch und ein Foto von der Katze Liubka. Meine Freundin Laura machte genau das Gegenteil. Sie kam aus einem Dorf in der Nähe von Mannheim und ließ sich ihr ganzes Zimmer nach Wien transportieren, als sie hier zu studieren begann. Sämtliche Fotos, Pflanzen, Kerzen und Lampen verliehen dem Raum eine besondere Romantik. Ehrlich gesagt hatte ich so etwas nicht einmal in Sofia gehabt. Nur drei Poster der Bands „Totale Penner", „Hühnerkopf" und „Sonderschule", deren Musik ich mal früher gemocht habe, zierten meine Wände. Dennoch hatte ich es leichter als Laura, meine Heimat mitzunehmen. Ich brauchte keine Gegenstände. Alles war in meinem Kopf.

Ein Freund von mir meinte, dass die Heimat jener Ort ist, wo du nach einem Bad ohne Hemmungen nackt durch deine Wohnung laufen kannst. Man weiß nicht, was Heimat ist, solange man sie nicht verlässt. Obwohl ich das Ganze natürlich mit Humor betrachte, bleibt immer auch ein kleines bisschen Traurigkeit.

Ein Jahr lang lebte ich in meinem Schrank. Es war dunkel, wir hatten keine Heizung und kein warmes Wasser. Um mich zu duschen, wärmte ich Wasser in Kochtöpfen. Aber ich war glücklich, weil ich zu Hause war.

König der Löwen

Manchmal wünsche ich mir, eine Zeitmaschine zu besitzen. Ich würde gerne zwei Menschen aus der Vergangenheit in die Gegenwart mitbringen. Der erste wäre Mozart. Mit ihm würde ich liebend gerne auf einer Drum 'n' Bass-Party die Nacht durchtanzen. Aber das ist ein anderes Thema. Der zweite wäre Karl Marx. Mit ihm gönnte ich mir einen Spaziergang durch die Lugner City. Ich würde sehr gerne wissen, was er zur Entwicklung des österreichischen Proletariats zu sagen hätte. Vom Drang die Weltrevolution zu starten, wurde die Arbeiterklasse mit einer Shoppingtherapie abgelenkt. Ich fühle mich als ein wichtiger Teil der Maschinerie, die das Proletariat vom Blutvergießen abhält. Mitten in der Lugner City in einem Meer von türkischem Kebap, chinesischer Ente, italienischen Schuhen und amerikanischer Musik, habe ich einen sehr wichtigen Job. Ich gebe dieser Multikultibande eine winzige Dosis Familienunterhaltung, die sie zusammenhält und weg von jeglichem revolutionären Gedanken treibt. Ich arbeite als Löwenbändiger.

Bei den Neureichen in Bulgarien sind momentan private Zoos der größte Hit. Mit Hubschraubern wurde neulich ein geheimes Grenzbeamtendorf entdeckt, von dessen Existenz mehr als zehn Jahre lang angeblich nichts bekannt war. Im Dorf fanden Spezialeinheitspolizisten Villen mit leeren Swimmingpools, in denen man Tiger, einen Löwen, eine Giraffe und andere exotische Tierarten fand. Obwohl die Beamten die Tiere lange verhörten, wollten diese nicht verraten, wo sich die Zoowächter befänden.

Ich bin nicht in der Tierzuchtbranche, um meinen gesteigerten sozialen Status zu zeigen, sondern um überhaupt einen zu haben. Um meine Miete zahlen zu können, vermiete ich riesige Stofftiere. Meine Löwen, Tiger und Giraffen laufen mit einem Autoakkumulator, auf deren Rücken ein Proletarierkind, im Dschungel von Neonlichtern, Handyangeboten und Fast-Food-Restaurants, seine kurze

Runde reitet. Die Kundschaft kommt von allen Kontinenten. Inder lassen ihre Kinder am liebsten den Elefanten fahren, Menschen aus dem fernen Osten haben eine Vorliebe für den Panda und Balkanesen bevorzugen den Braunbären. Traditionelle Kultur ist leicht erklärt.

Die Strategie, die Weltrevolution aufzuhalten, hat funktioniert. Man holt sich Menschen aus aller Herren Länder und lässt sie die Drecksarbeit erledigen. Ich weiß nicht, was Integration sein soll. Egal wie unterschiedlich die Kulturen dieser Leute sind, agieren ihre Kinder beim Fahren von meinen Tieren gleich. Ich finde den Job cool. Es ist wesentlich leichter, mit Kindern den ganzen Tag umzugehen, als mit Erwachsenen. Ich fühle mich am Ende des Arbeitstages psychisch nicht leer. Ich verdiene wenig Geld, aber ich betrachte meine Arbeit als etwas Wichtigeres, als reines Hackeln fürs tägliche Brot. Als der Hirte von den mechanischen Löwen in der Lugner City, bin ich direkter Zeuge unzähliger Schicksale und erlebe Globalisierung hautnah.

Übrigens habe ich Karl Marx nie gelesen. Wir haben zu Hause in Bulgarien die vierundzwanzigbändige Ausgabe von Marx' Werken zur Stabilisierung des Weihnachtsbaums verwendet.

Mein coolster Nachbar

Die Bulgaren verachten ihre Nachbarn: Griechische Männer sind faul und griechische Frauen hässlich. Griechen schleimen sich immer ein und sind überhaupt die hinterhältigsten Menschen auf der ganzen Welt. Die Rumänen liegen weit hinter den Bulgaren in ihrer kulturellen und wirtschaftlichen Entwicklung. Rumänisches Fernsehen empfängt man südlich der Donau nur mit einer Wurst an der Fernsehantenne. So was wie Mazedonier gibt es gar nicht und über Türken will ich eigentlich nicht sprechen. Im Rahmen meiner Arbeit für die Zeitschrift „Biber" habe ich solche Äußerungen schon oft in Hatemails meiner Landsleute gelesen. Ich sei ein Verräter, da ich mich mit Leuten aus den benachbarten Nationen an einen Tisch setze.

Viele haben versucht, den Begriff „Nation“ zu erklären. Meiner Meinung nach stammt die beste Definition vom tschechisch-deutsch-amerikanischen Sozialwissenschaftler Karl Deutsch: „Eine Nation ist eine Gruppe von Menschen, die durch einen gemeinsamen Irrtum hinsichtlich ihrer Abstammung und eine gemeinsame Abneigung gegen ihre Nachbarn geeint ist.“

Nur gegenüber den Serben empfinden die Bulgaren eine Art Respekt. Die sind zwar auch alle Gauner und Verbrecher, aber Serben sind immer „dagegen“, was die Bulgaren beneiden. Bulgaren sind nur zu Hause „dagegen“ und nach dem dritten Schnaps. „Wenn der Bulgare ein Lamm schlachtet, schlachtet der Serbe ein Kalb“, sagt der Volksmund in Bulgarien. „Wenn der Bulgare auf Familienangehörige schimpft, hat es der Serbe längst mit den Familienangehörigen getrieben“, schließt er weise ab.

Mein Freund Darko stammt aus einem Dorf in der Vojvodina. Seine Jugend war so langweilig, wie nur eine Jugend auf dem Land sein kann. Er lernte früh, den Familientraktor zu fahren und die einzige Abwechslung, die er während der Arbeit hatte, war Stinkefinger an die rumänischen Bauern links und an die ungarischen Bauern rechts vom Feld seines Vaters auszuteilen. Die einzige Abwechslung, die Darko in seiner Freizeit hatte, waren Drogen. Und so arbeitete er den ganzen Tag auf dem Feld und in der Nacht nahm er alle Drogen, die er nur kriegen konnte. Irgendwann muss man aber Prioritäten setzen: Darko verkaufte insgeheim den Traktor seines Vaters, kaufte sich Drogen und verschwand aus dem Dorf. Er stopfte um die zweitausend Extasypillen in Kondome, versteckte die Kondome in vier großen Forellen und machte sich auf den Weg nach Wien.

Als ich Darko kennengelernt habe, war er mein Nachbar und nahm keine Drogen mehr. Er hatte in Österreich viele verschiedene Jobs gehabt. Mal war er Sushikoch, mal LKW-Spediteur. Darko war ein anständiger, gepflegter mitteleuropäischer junger Mann geworden, der jeden Tag mit der U-Bahn zur Arbeit fuhr. Nur manchmal, nach dem dritten Schnaps, wehrte sich der neue Darko gegen seinen Status Quo. „Weißt du was“, sagte er mir einmal in einem solchen Moment, „für die hier werde ich immer ein Indianer bleiben.“ Danach verschwand er aus dem Haus. Als ich ihn das nächste Mal sah, hatte er sich die Haare abrasiert und sich zwei Federn auf den Kopf tätowieren lassen. Wenig später verschwand Darko spurlos.

Ich weiß nicht, ob Darko immer noch in Österreich ist, ob er wieder Traktor in Serbien fährt, oder ob er sich einen Wohnwagen gekauft hat und nach Indien abgedüst ist. Ich wünsche ihm alles Gute, wo immer er sich jetzt befindet. Schließlich war er mein coolster Nachbar aller Zeiten.

Arbeitsmoral

„Sohn, du musst Geld verdienen“, sagte mir meine Mutter als ich siebzehn war und gab mir ein Ticket nach Varna.

Es ist cool, eigenes Geld zu haben, außerdem wird Varna im Sommer zum Zentrum des bulgarischen Party- und Kulturlebens. Die Stadt wächst auf eine Million Einwohner an und jeder will irgendwo sein Geld ausgeben. Ich nahm das Ticket ohne zu zögern entgegen.

Mein Einstieg in die Arbeitswelt war in „Goldstrand“. Das ist eine Siedlung für Massentourismus in der Nähe von Varna. Menschen aus Ost-Deutschland, Tschechien und Russland geben zu Spottpreisen ihr Geld für Saufen und Essen aus. Frei von jeder Verantwortung laufen sie herum in einer Welt voll mit billigem Alkohol, billigen Drogen und billigen Frauen. Der Strand gehört den unzähligen Hotels, die wiederum der Mafia gehören.

Mein erster Job war Strandputzer. Ich musste die Überreste der Partynacht entfernen. Da ich aber der einzige Strandputzer auf diesem Strand war, der jemals mit TouristInnen in deren Sprache sprechen konnte, wurde ich schnell befördert. Ich wurde Gepäckträger im Hotel mit dem unglaublich originellen Namen „Golden Beach Hotel – Goldstrand“. Das sechsstöckige Hotel wurde, hauptsächlich aus Gipskarton, in nur sechs Monaten erbaut. Danach hatte es – ich weiß nicht nach welchen Kriterien – seinen Vier-Sterne-Status erhalten.

Es ging immer etwas kaputt. Deshalb war mein bester Freund im Hotel der Hausmeister Bai Petko. Bai Petko erzählte immer, dass er Geschlechtsverkehr mit den Müttern von Personen und Sachen haben will. Das Wort „Mutter“ verwendete er hunderttausend Mal am Tag, allerdings selten _nicht_ im Zusammenhang mit dem Wort „ficken“. Ich musste Bai Petko zu den Zimmern bringen und den Gästen erzählen, dass er gleich den Schrank, die Klimanlage, den Fernseher oder das Bad reparieren wird. Zum Glück sprachen die Touristen kein Bulgarisch.

Wenn es regnete, blieben die Aufzüge im „Golden Beach Hotel“ immer stecken. Einmal blieb ich im Lift gemeinsam mit Bai Petko und Hannelore aus Köln hängen. Hannelore geriet in Panik, sie fing an zu schreien, auf alle Knöpfe zu drücken und rief schließlich ihre Mutter in Köln an, um zu verkünden, dass sie im Fahrstuhl stecken geblieben sei. Währenddessen stand Bai Petko in der Ecke und fluchte. Er fing bei der Mutter von dem an, der diesen Fahrstuhl gebaut hatte. Es folgte die vom Hotelmanager. Nach ihr kamen sämtliche Verwandte vom Hotelmanager. Die nichtsahnende Mutter der armen Deutschen im Fahrstuhl am anderen Ende der Telefonleitung in Köln wurde auch nicht verschont. Am Ende kamen natürlich die Mütter von Regierungsmitgliedern und allen Politikern überhaupt dran.

Bai Petko und seine Arbeitsmoral war mein erstes großes Vorbild im Leben.

In Sachen Arbeitsmoral bewundere ich auch meinen Kollegen Mischa aus Serbien. Ich und Mischa sind manchmal die Moderatoren vom Promotionsglücksrad einer großen schwedischen Möbelkette. Man kann sicherlich eine psychologische oder anthropologische Studie ausgehend von diesen Joberfahrungen schreiben. „Die Wirkung des Wortes ‚gratis' auf die Menschheit" oder so was Ähnliches.

Kleine Kinder und alte Omas schauen sich dieses blöde Glücksrad mit der gleichen verzauberten Miene an. Polen, Inder, Araber, Ungarn, Chinesen und ältere österreichische Männer mit Thaifrauen, die sie wahrscheinlich aus dem Internet bestellt haben, stellen sich an, drehen das bunte Rad und erwarten ein Eis oder einen Kaffee. Mein Kollege Mischa macht seinen Job sehr hingebungsvoll. Bei jedem Dreh verkündet er sehr laut den Gewinn: „Und sie gewinnen einen Saaaaaft!" Dabei macht er eine leichte Verbeugung und übergibt den gewonnenen Gutschein. Pech hat der glückliche Gewinner, wenn er statt einem Saft einen Kuchen will. Mischa ist ehrlich und lässt die Gutscheine nicht umtauschen. Ich versuche Mischa zu erklären, dass es dem Kaufhaus völlig egal ist, was man an diesem Glücksrad gewinnt und dass das Ziel der ganzen Sache ist, dass sich der Gewinner nebenbei eine Lampe, eine Kommode oder gar ein Sofa kauft. Mischa bleibt aber hart. Für einen Kuchen muss man sich noch mal anstellen. Ich bin sicher, auf Mischa wartet eine große Karriere. Hoffentlich in der Politik und nicht im Showbusiness.

Arbeit macht schön, meinten einige. Arbeit macht das Leben süß, meinten andere. Jedoch glaube ich, dass die meisten, die über die Tugenden der Arbeit predigen, eigentlich gerne mit Supermodels auf ihren Knien Champagner trinken und mit ihren Pistolen schießen.

Zum Glück zu Fuß

Der Erwerb eines eigenen PKWs ist ein Statussymbol, das für Männer und Balkanesen anscheinend unglaublich wichtig ist. Ich verstehe es überhaupt nicht und vertraue lieber und immer auf meine eigenen zwei Beine. Ich traf neulich in Sofia auf meinen alten Sportlehrer und erzählte ihm, dass ich in Wien lebe. Danach fragte er mich, ob ich mir schon ein Auto gekauft habe.

Ich kann kein Auto fahren und hatte auch nie Interesse, es zu lernen. Für mich haben Autos nur Farben. Mir ist es total egal, ob ich in einem „Mercedes" oder in einem „Lada" herumgefahren werde. Das habe ich wohl von meiner Mutter geerbt – mit dem kleinen Unterschied, dass ich keinen Führerschein habe. Gott sei Dank, sonst wäre ich genau wie sie ein Schrecken für den Verkehr in ganz Europa.

Meine Mutter kaufte sich ihr erstes Auto in Berlin. Gleich danach rief sie meinen Vater in Bulgarien an, um von ihrem neuen Spielzeug zu erzählen. „Und was für ein Auto hast du gekauft?", fragte er. „Ein weißes", antwortete meine Mutter stolz. Wenig später tauschte sie das weiße Auto bei einer Autobörse gegen ein rotes. Der türkische Autohändler fuhr ein bisschen mit dem weißen Auto herum. Danach fragte er höflich und voller Verwunderung: „Gnädige Frau, wie haben Sie das Auto überhaupt hierher gefahren? Es hat doch überhaupt keine Kupplung!" Meine Mutter ließ sich aber bei den harten Verhandlungen nicht aus der Ruhe bringen: „Die Kupplung habe ich vielleicht zu Hause vergessen."

Ich bin auch kein Fan von öffentlichen Verkehrsmitteln. Das liegt vielleicht daran, dass ich ein Kindheitstrauma von den Öffis in Sofia habe. Ich erinnere mich an so manchen Wintermorgen, an dem ich mit der Straßenbahn zur Schule fuhr, bei der die Türen nie richtig schlossen. „Nur nicht einschlafen", dachte ich, weil ich die Kälte fürchtete und dass mich der „Weiße Tod" holen könnte. Im Sommer hingegen gingen weder Türen noch Fenster richtig auf. Dann hörte man dicke Schweißtropfen mit einem lauten Knall von den Achselhöhlen der Bauarbeiter auf den Boden fallen. Um nicht zu ersticken, musste man in guter Verfassung sein. In Wien gibt es keine derartigen Probleme mit den Öffis, aber ich kann mir selten die Karte leisten und wenn ich schwarz fahre, sterben Tausende meiner Gehirnzellen aus Angst, dass ich erwischt werden könnte. Ich fahre auch nicht mit dem Rad. Es gibt in Wien wunderbare Radwege, aber so wie ich mich kenne, würde ich unabsichtlich die erstbeste alte Frau überfahren, die den Radweg überquert. Und bei meinem Glück wäre sicher auch gleich der Sohn der alten Frau in der Nähe und ohne zu zögern bereit, mich zu verdreschen. Wenn gerade keine alte Frau auf dem Radweg steht, gäbe es sicher einen anderen Grund zu stürzen und mit der Nase auf den Asphalt zu prallen.

In der Stadt gehe ich immer nur zu Fuß – ganz egal, wie weit mein Ziel entfernt ist. Das hat auch den Vorteil, dass ich meine Gedanken richtig sammeln und Geschichten über Passanten erfinden kann. Meine Freunde halten mich für verrückt und ich finde selten Gesellschaft für meine endlosen Spaziergänge. Jeder hat seine Seltsamkeiten. Ich finde, dass beim Gehen die Details des Alltags am besten sichtbar werden. Ich werde mir wohl nie ein Auto kaufen.

Bohnensuppe im Weltall

Mein erstes Deutschlehrbuch hat früher meinem Vater gehört. Die Lektion über Juri Gagarin war meine Lieblingslektion. „Ich bin stolz, dass ich der Kosmonaut bin“, war einer der ersten Sätze, die ich auf Deutsch gelernt habe.

Als mein Vater ein Kind war, war Juri Gagarin wirklich ein Superstar. In den Sechzigerjahren war in Bulgarien und im gesamten Ostblock der Hype um ihn so riesengroß, dass jeder Kosmonaut werden wollte. Der erste Mensch im All hat neben allen möglichen Auszeichnungen der Sowjetunion auch alle der sozialistischen Brüderländer verliehen bekommen. Gagarin war unter anderem Ehrenbürger von mindestens sieben Städten in Bulgarien, Rumänien, Polen, Ungarn und der Tschechoslowakei. Nachdem er die Welt von oben umkreist hatte, durfte Gagarin sie auch von unten erobern. Er reiste überall hin und ließ sich von riesigen Menschenmengen umjubeln.

Auch mein Vater durfte Gagarin live bestaunen. In Varna hatte sich die ganze Stadt auf dem „roten Platz" (eine Mini-Nachbildung von dem in Moskau) versammelt und wartete auf Gagarin. So weit sich mein Vater erinnern kann, fuhr ein winkender Mann in Militäruniform in einem „Tschaika"-Cabrio am „roten Platz" vorbei. Blumenwerfen auf das Auto Gagarins war streng verboten, da ihn in der Hauptstadt Sofia jemand mit einem Blumenstrauß im Gesicht getroffen hatte.

Wenn ich als Kind eine Frage an meinem Vater hatte, deren Antwort er nicht wusste, sagte er immer: „Ich bin von der Kosmonautenschule." Ich verstand den Sinn des Satzes nicht, aber fand ihn verwirrend und cool gleichzeitig. Später erfuhr ich, dass man in Varna die Sondergrundschule für Menschen mit mentalen Behinderungen die „Kosmonautenschule" nannte. Heute entdecke ich die Weisheit dieser Bezeichnung.

Achtzehn Jahre nach dem Flug Gagarins durfte auch mein geliebtes Heimatland einen Menschen ins All schicken. Im Rahmen des 1976 gestarteten sowjetischen Programms „Interkosmos" wurden Bürger der sozialistischen Länder Osteuropas als Kosmonauten ausgebildet. Der Tscheche Vladimir Remek war der erste Nicht-Amerikaner oder Nicht-Russe im All. Ihm folgten der erste Kosmonaut Polens und der aus „Good-Bye Lenin" bekannte Sigmund Jähn. Georgi Ivanov sollte 1979 der erste bulgarische Kosmonaut werden.

Die Vorentscheidung, wer der bulgarische Vertreter im Interkosmos-Programm sein sollte, war sehr hart. Die letzten zwei Kandidaten, Georgi Ivanov und Alexander Alexandrov fuhren nach Moskau. Es war bis zum letzten Moment nicht klar, wer von den beiden ins All fliegen würde. Die Zeitungen hatten für den Tag nach dem Start gleich zwei Titelseiten vorbereitet: „Ivanov: der erste Bulgare im All“ und „Alexandrov: der erste Bulgare im All“. (Haben die beiden den Satz „Ich bin stolz, dass ich der erste Kosmonaut bin!“ auch in der Schule gelernt? Wer weiß ...)

Am 10. April 1979 flog Georgi Ivanov mit dem russischen Kosmonauten Nikolai Rukavischnikov im Schiff „Sojus 33“ und sollte der Besatzung der Raumstation Saljut 6, das neueste Kosmonautenfutter übergeben. Es war speziell für diese Mission vom Institut für Raumforschung an der bulgarischen Akademie der Wissenschaften entwickelt worden. Die Übergabe der Bohnensuppe mit Wurst, Tarator und Sarma-Rouladen für Kosmonauten fand aber nicht statt. Bei der Annäherung von „Sojus 33“ an die Raumstation passierte eine technische Panne und die beiden Kosmonauten von „Sojus 33“ kämpften stundenlang um ihr Leben. Sie schafften es, mit jeder Menge Mut und Glück lebend auf die Erde zurückzukommen. Inzwischen war in Bulgarien die Zeitschrift „Balgarski voin“ (Der bulgarische Soldat) mit einer Titelgeschichte erschienen, in der das erfolgreiche Ankuppeln an „Sojus 33“ geschildert wurde. Naja, Fehler passieren nicht nur im All.

Die Köstlichkeiten der bulgarischen Küche im All durfte dann Alexander Alexandrov genießen, der 1988 der zweite bulgarische Kosmonaut wurde. Gerüchten zufolge gab es damals schon Kuttelsuppe, gefüllte Paprika und Schopska-Salat bestimmt für die Schwerelosigkeit. Somit ist Bulgarien das einzige Land, das im Rahmen des Programms „Interkosmos“ zwei Menschen ins All geschickt hat. „Interkosmos“ wurde von den Sowjets auch genutzt, um klare politische Zeichen zu setzen. 1980 wurde Phạm

Tuân der erste Vietnamese im All. Phạm Tuân war im Rahmen des Vietnamkriegs der einzige vietnamesiche Kampfflieger, der eine amerikanische B-52 abschießen konnte. 1988 wurde Abdul Ahad Momand zum ersten Kosmonauten Afghanistans.

Ich weiß nicht, ob es irgendwann einen dritten bulgarischen Kosmonauten geben wird. So wie die Lage jetzt aussieht, ist es in der näheren Zukunft eher unwahrscheinlich. Jedoch glaube ich, dass wenn die Menschen gezwungen werden, sich von diesem Planeten zu verpissen, wir einen Weg finden werden, dabei zu sein.

Manchmal ist der Hund drin

Ich frage mich immer, ob zugewanderte Haustiere auch Schwierigkeiten mit der Integration haben. Kommunizieren sie mit ihren Artgenossen in einer gemeinsamen Sprache, oder müssen sie sich wie ihre Eigentümer an das neue Land anpassen? Wenn ich mir Axel, den Hund meines Freundes Peter so anschaue, ist er auf jeden Fall ein sehr gut integrierter Hund. Der Rottweiler-Mischling wurde in der kleinen bulgarischen Stadt Gabrovo geboren. Seine Mutter war ein reinrassiger Rottweiler mit mehreren tapferen Wach- und Polizeihunden im Stammbaum. Der Vater war ein schmutziger Straßenhund, der hinter einer Fleischerei wohnte und Wasser aus Pfützen trank. Hunde tun sich leichter, wenn es darum geht, soziale Unterschiede in Beziehungen zu überwinden. Das Drama, das durch diese ungleiche Beziehung entstand, traf die Besitzer der reinrassigen Hündin. Sie wussten nicht, was sie mit den Mischlingswelpen, die keiner haben wollte, anstellen sollten. Also warfen sie diese in einen Fluss. Einer hatte Glück und entkam den Strömungen der durch Gabrovo fließenden Jantra. Mein Freund Peter fand ihn und nahm ihn mit nach Wien.

Peter arbeitete als Pizzalieferant und wohnte in einer winzigen Wohnung, die seine Freunde schlicht „Streichholzschachtel“ nannten. Zusammen mit seiner Schwester und noch drei anderen Menschen hauste er auf vierzig Quadratmetern nahe der Donau. Ob des geringen Platzangebotes war ich sehr überrascht, als ich Peter besucht habe und einen schwarzen Hund friedlich in der Ecke schlafen sah. Axel hieß der Hund. Nicht Scharo, der gewöhnlichste Name für einen Hund in Bulgarien, sondern Axel, weil er jetzt in Österreich lebte.

Axel war anpassungsfähig – er jagte seinem Stöckchen auf der Donauinsel hinterher, wie seine rein österreichischen Hundebrüder. Er machte immer Platz in der U-Bahn, wenn eine alte Frau einstieg. Wenn man Axel bellen hörte, konnte man fast das deutsche „Wuff Wuff“ hören, anstatt des bulgarischen „Bau-Bau“. Überhaupt ließ sich Axel seine Balkanherkunft niemals anmerken.

Axel wuchs und Peter wurde älter. Sie gingen immer zusammen an der Donau spazieren. Dort begegneten sie eines Tages Christina und Honey. Christina ist halb Amerikanerin, halb Österreicherin mit wunderschönen blonden Haaren und blauen Augen. Honey ist ein King-Charles-Spaniel, also ein Taschenhund. Wenn man ihn sieht, fragt man sich, ob er batteriebetrieben ist. Es war Liebe auf den ersten Blick, sowohl für Peter als auch für Axel.

Viele Sachen in unserem Leben passieren schneller, als man sie begreifen kann. Wenig später waren Peter und Christina verheiratet. Die Liebe zwischen Axel und Honey war aber verdammt. Sie schauten sich immer verliebt an, genau wie ihre Besitzer, der Hund von Peter war aber einfach zu groß und der von Christina zu klein. Eine sexuelle Beziehung war rein anatomisch nicht möglich. Kurz danach zogen Peter, Christina und Honey nach Amerika. Für Axel gab es vorerst keinen Platz. Er musste nach Gabrovo zurück, später sollte er vielleicht nachkommen.

Zwei Monate danach starb Axel. Ich weiß nicht, ob es an seinem gebrochenen Herzen lag oder an seiner Sehnsucht bei dem Gedanken an die schönen Stunden auf der Donauinsel. Vielleicht konnte er als Mitteleuropäer gar nicht mit den unerzogenen Hunden in Bulgarien zurechtkommen. Wahrscheinlich lag es aber an dem harten Hundefutter, das er von Peters Großeltern bekam.

Der Prinz und die Roma

In der Wiener Lugner City wurde letzte Woche ein „Public Viewing" der Hochzeit des britischen Thronnachfolgers organisiert. Die übliche Lugner-City-Klientel, die mehrheitlich aus Roma besteht, zeigte aber wenig Interesse an der, auf einer riesengroßen Leiwand laufenden, „Royal Wedding". Vergeblich versuchten einige Fernsehteams in der Lugner City einen Royalfan zu finden, den man über „Will und Kate" befragen konnte. Die Roma zeigten sich wenig begeistert für die königliche Hochzeit. Schließlich gab es ja keine Roma, die zur Hochzeit eingeladen waren. Ganz anders die Royals. Sie waren mal bei Romahochzeiten in Bulgarien gern gesehene Gäste.

Prinz Charles kam 1998 zum ersten Mal nach Bulgarien. In der zweitgrößten Stadt Plovdiv wollte Charles, neben dem Treffen mit dem damaligen bulgarischen Präsidenten Petar Stoyanov, unbedingt einen Besuch im Roma-Ghetto von Plovdiv machen. Das trieb die Gastgeber in den Wahnsinn, man wollte sich schließlich von der schönsten Seite präsentieren. Der Stadteil Stolipinovo, der mit rund vierzigtausend Einwohnern wahrscheinlich das größte Roma-Ghetto Europas ist, ist sicher nicht ebenjene schönste Seite. Zu den Pflichten eines Prinzen gehört aber, sich mit den Ärmsten und Schwächsten zu treffen. Man fand schnell eine Lösung. Während des Besuchs des britischen Thronfolgers sollte ein Romapaar heiraten. Die Hochzeit sollte Stolipinovo vor dem adligen Besucher einen romantischen Touch verleihen.

Das Treffen mit dem Präsidenten verlief nicht ganz nach Plan. In dem Raum, wo das Treffen stattfinden sollte, befand sich zufällig ein Klavier. Völlig außerhalb des Protokolls setzte sich der als „Beatles“-Liebhaber bekannte Stoyanov ans Klavier und fing an „All you need is love“ zu spielen und dabei laut zu singen. Der Prinz sang mit. Offensichtlich angeheitert von dem Duett mit dem bulgarischen Präsidenten ging Charles zu der Roma-Hochzeit in Stolipinovo. Gewollt oder ungewollt wurde Prinz Charles zum Trauzeugen von Valtscho und Zhivka Atanassovi. Der britische Thronfolger spielte seine Rolle gut. Augenzeugen bemerkten jedoch, dass er sich nach jedem Händeschütteln mit den Bewohnern von Stolipinovo insgeheim die Hände mit einem nassen Taschentuch abwischte.

Zu Ehren ihres Trauzeugen nannten Valtscho und Zhivka ihre erstgeborene Tochter Diana (damals war Camilla noch nicht aktuell, außerdem heißt Camilla auf bulgarisch Kamel, was auch für Roma-Familien unakzeptabel klingt). Ein paar Jahre nach der Hochzeit wurde die finanzielle Lage der jungen Familie immer schlechter. Der Kühlschrank war leer und die kleine Diana war ständig krank. Valtscho Atanassov schrieb mehrere Briefe an den Buckingham Palace, in denen er um die finanzielle Hilfe seines königlichen Trauzeugen bat.

Er wollte mit dem Geld „ein Geschäft anfangen“. Dabei schickte er immer ein Foto von der kleinen Diana mit. Valtscho bekam eine Antwort. Vom Sekretariat Prinz Charles’ erfuhr er, dass „materielle Unterstützung nicht zur Praxis der königlichen Familie gehört“. Ich frage mich, ob sich die Angestellten im Buckingham Palace nach der Öffnung des Briefes auch die Hände mit einem nassen Taschentuch abgewischt haben. Jedenfalls war die Enttäuschung bei Valtscho so groß, dass er seine Tochter von Diana in Evgenija umbenennen ließ.

Ich weiß nicht, ob die Familie aus Plovdiv sich das „Royal Wedding" letzte Woche im Fernsehen angeschaut hat, oder – wie ihre Brüder und Schwestern in der Lugner City – darauf verzichtete. Schließlich ist das ein Ereignis, dem man nicht so viel Aufmerksamkeit schenken muss.

Kleider machen keine Leute

Sofia wurde in den letzten Jahren von verschiedenen Modegeschäften überflutet. Wenn es schneit oder regnet, schafft man aber ohne Gummistiefel keine hundert Meter, ohne total matschig zu werden.

Die größte Einkaufsstraße in Sofia, Boulevard „Vitosha", und die vielen neuen Einkaufszentren sind voll geräumt mit allerlei Haute Couture. Gucci, Armani, Lagerfeld oder wie sie alle heißen, locken die Menschen vor die bunten und schön beleuchteten Schaufenster. Ich frage mich immer, wer da einkauft. Die Straßen und Gehsteige in Sofia sind so kaputt, dass man es, wenn es schneit oder regnet, ohne Gummistiefel kaum hundert Meter schafft, ohne total schmutzig zu werden. Kontraste wie dieser prägen übrigens viele Phänomene der post-sozialistischen Gesellschaft oder wie man es in Bulgarien immer noch nennt – „der Übergangsgesellschaft". Die teuersten Stadtviertel in Sofia, wo die Neureichen ihre Villen gebaut haben, besitzen keine Kanalisation. Das Stadtzentrum ist voll mit teuren Autos, die Straßen sind fürchterlich.

Trotzdem schaffen es die Frauen in Sofia aber irgendwie, die modischen Events zu besuchen ohne im Matsch zu versinken. Sie haben anscheinend eine spezielle Eigenschaft entwickelt, Pfützen zu umgehen, sich so schnell wie möglich zu ducken, wenn vorbeifahrende Autos sie mit Wasser bespritzen und die unangenehmen Gerüche des öffentlichen Verkehrs zu überwinden. Und das mit Stöckelschuhen! Ich frage mich immer wieder, wofür Stöckelschuhe nützlich sind. Der einzige Grund, der mir einfällt, ist, dass ihr spezifisches Geräusch einen Alarm auslösen soll: „Achtung Frau!“ Der typische Laut der Universität Sofia zum Beispiel ist das Klacken von Stöckeln in breiten Korridoren. Ich persönlich verstehe ja wenig von Mode und lasse mir die Kleidung von meiner Mutter kaufen. Einen Anzug habe ich nur einmal in meinem Leben angehabt. Bei meinem Maturaball. Neben patriotischen Reden vom Geografielehrer und sentimentalen Liedern über die Trennung der unzertrennlichen Klasse, gehört da auch ein Wettbewerb dazu, wer das meiste Geld für den letzten Modeschrei ausgibt. Alle Maturanten in Bulgarien geben wahnsinnig viel Geld für Kleider, Make-up, Frisuren und teure Autos aus.

Meine Wenigkeit versuchte hingegen, billig wegzukommen und doch originell auszusehen. Ich mietete einen Smoking aus der Garderobe des Kinocenters in Sofia. Damit sah ich aus wie der berühmte Stepptänzer Fred Astaire. Ich wollte mir auch einen Zylinder zulegen, verzichtete aber zum Glück darauf. Der Maturaball in Bulgarien hat nichts mit einem Ball zu tun. Es ist in Wirklichkeit eine Orgie. Wie alle meine Mitschüler übertrieb ich es mit allen möglichen Betäubungsmitteln. Irgendwann riss die Hose meines Smokings hinten auf und der junge Fred Astaire verwandelte sich in eine Figur des Musicals „Hair“. Dazu verlor ich meine Geldbörse, natürlich inklusive Geld und Ausweisen. Am nächsten Morgen wartete ich mit zerrissener Hose, matschigen Schuhe und trübem Blick auf den Bus nach Hause. Mein Versuch stylisch zu sein, endete in einer Groteske.

„Man empfängt die Leute nach ihren Kleidern und entlässt sie nach ihrem Verstand“, sagt sowohl ein deutsches, als auch ein bulgarisches Sprichwort. Ich versuche, so wenig wie möglich Sauce-Flecken auf meinen Hosen zu haben. Seit Kurzem achte ich auch darauf, immer zwei gleichfarbige Socken anzuziehen. Trotzdem lassen mich Meister Proper und seine Freunde in schicke Wiener Diskos niemals rein. Ich glaube, da interessiert sich aber sowieso keiner für meinen Verstand. Wir werden alle nackt geboren, alles andere ist egal.

Mitleid und Zigaretten für ein langes Leben

Manchmal scheint es mir, dass die am meisten verbreitete Lebenseinstellung in Bulgarien „Oh, Leben, du gehst auch zu Ende" ist. Manche haben die Hoffnung auf eine bessere Zukunft aufgegeben und betrachten ihr Leben als unvermeidliche Qual. Die bulgarische Band Wickeda singt: „Ich lebe, weil ich geboren wurde, es gibt keine andere Wahl." Andere glauben – im Übrigen genau aus demselben Grund –, das Leben sei ein unendliches Fest. Jedenfalls hat sich Jogging in Bulgarien in den letzten zwanzig Jahren weder als Freizeitsbeschäftigung noch als lebensverlängernde Maßnahme wirklich durchgesetzt.

Ich erinnere mich oft an meinen ersten Hausarzt. Er war ein besonders lustiger Geselle. Er erweckte zwar nie den Eindruck, dass er wirklich etwas von Medizin versteht, aber er linderte meine Schmerzen stets mit seinem Mitgefühl. Wenn ich erkältet war und zu Dr. Hadjilaskov ging, hörte er bei der Untersuchung nie auf zu husten. Hatte ich mal Bauchschmerzen, dann erzählte er von dem Durchfall, der ihm letzte Nacht den Schlaf geraubt hatte. Und als ich mir einmal das Bein gebrochen habe, hatte Dr. Hadjilaskov zufällig gerade auch einen gegipsten Haxen. Egal, welche Schmerzen mich gerade plagten, mein Hausarzt hatte sie auch. Er gab mir immer das Gefühl, dass ich mit meinen Problemen nicht alleine war, dafür war ich ihm dankbar.

Etwas Ähnliches wie mein Hausarzt mit mir in Sofia machte, macht mein Freund Vlado mit den Wienern. Vlado arbeitet für einen Verein, der „Wiener Gesundheitsförderung" heißt. Er misst den Blutdruck der österreichischen

Bevölkerung in allen möglichen Shopping-Centern, bei Messen und Veranstaltungen. Wenn bei jemandem der Blutdruck zu hoch ist, schaut ihn Vlado besorgt an, nickt mit dem Kopf, als stünde der Arme schon mit einem Bein im Grab, und spendet eine Runde Mitleid. Das alles gehört aber zu seinen beruflichen Verpflichtungen, sonst betrachtet Vlado das Ganze viel gelassener. „Mein Vater", erzählt Vlado, „rauchte sein ganzes Leben lang eine Packung Zigaretten am Tag. Und immer die gleiche, schrecklich stinkende Marke ‚Schipka' (Schipka heißt auf bulgarisch Hagebutte). Einmal sagte ich ihm, dass er gefälligst aufhören soll und dass Rauchen wirklich schlecht für ihn ist – er war schon über siebzig. Weißt du, was er geantwortet hat? ‚Das ist doch Schipka, da sind Hagebutten drin und die sind gut für die Gesundheit.' Mein Vater hat tatsächlich sein ganzes Leben geglaubt, dass seine Zigaretten Hagebutten enthalten. Er starb mit achtzig. Ein Auto hat ihn überfahren."

Anscheinend gibt es kein Rezept für ein langes und gesundes Leben. Es ist alles eine Frage der Einstellung. Winston Churchill wurde mal gefragt, wie er sich bis ins hohe Alter eine derart gute Gesundheit bewahren konnte. Der als Zigarrenraucher und Whiskey-Liebhaber bekannte englische Prime Minister antwortete: „Wenn du dich hinsetzen kannst, setz dich hin, wenn du dich hinlegen kannst, leg dich hin und das Wichtigste – niemals Sport treiben!" Churchill wurde einundneunzig und hat sicherlich ein ziemlich stressiges Leben geführt. Ehrlich gesagt, finde ich Joggen auch blöd.

Der Himmel ist für alle gleich

„Guten Tag, Herr Müller! Sie kennen sicherlich die Johanniter Unfallhilfe. Das ist die zweitgrößte Rettungsorganisation Deutschlands. Der Rettungsdienst wird von der Krankenkasse bezahlt, aber viele soziale Dienste unserer

Organisation sind auf Ihre Spenden angewiesen. Damit alte Menschen warmes Essen nach Hause bekommen und behinderte Kinder mühelos ihre Schule erreichen können, brauchen wir Sie! Ein kleiner jährlicher Betrag hilft, dass wir unsere Rettungshundestaffel aufbauen! Sehen Sie auf diesen Zettel, das sind der Charlie und der Johnny. Dank Ihrer Spenden haben diese zwei deutschen Schäferhunde letztes Jahr zehn Menschenleben gerettet ..."

Ich erzähle diesen Quatsch einem Herrn Müller oder Herrn Schmidt heute schon zum hundertsten Mal. Die Sonne im unterfränkischen Reichenau hat sich gezeigt. Ich glaube, das ist der letzte Herr Müller für heute. Ich setze mich irgendwo auf eine Bank und genieße die seltenen Sonnenstrahlen, die mir dieser Sommer in Deutschland geschenkt hat. Letzte Woche in Hessen wurde ich vom Regen fast ertränkt. Ich bin einer der schlechtesten Mitgliederweber in der Geschichte dieses Berufs. Die vollkommene Unwissenheit, dass der Rettungsdienst eine private Firma ist, und mein slawischer Akzent machen es mir unmöglich, das Vertrauen von Herrn Müller zu gewinnen. Als solcher professioneller Bettler kann man aber durchaus gut verdienen – einige meiner Kollegen betteln so ein halbes Jahr in Deutschland herum, während sie die andere Jahreshälfte in Thailand auf einer Kiffertrauminsel verbringen.

Ich finde meine Bank vor der Dorfkirche. Das Geräusch der Rasenmäher um mich herum bedeutet, dass es in Reichenau bei Würzburg schon Feierabend ist. Meine Gedanken baumeln zum bulgarischen Dorf Lometz, wo meine Oma lebt. In Lometz wird das Ende des Arbeitstages vom Läuten der Glocken der zurückkommenden Schafsherde verkündet. Reichenau steht vor meinen Augen und Lometz ist in meinen Träumen. Ich stelle mir die beiden Dörfer im Computerspielklassiker „Age of Empires" vor. Um in diesem Spiel zu gewinnen, muss man sämtliche Upgrades vor dem Gegner schaffen, damit man das nächste „Age" erreichen kann. Das deutsche Dorf ist eindeutig im nächsten Age.

Reichenau wird von zwei riesengroßen Supermärkten mit Lebensmitteln versorgt. In dem Dorfgeschäft in Lometz, das auch als Kneipe dient, werden nur Kaugummis, Zigaretten, Bier und Limonade verkauft. Alles anderes produzieren die Dorfbewohner selbst.

In Reichenau geht niemand zu Fuß. Siebzigjährige Omas rasen ständig in ihren riesigen Geländewagen an mir vorbei, während die Omas in Lometz wie ein Fragezeichen gebeugt, langsam den Schafen nachlaufen. Vor fast jedem Reichenauer Haus werde ich von Überwachungskameras an der Sprechanlage begrüßt. In Lometz hat niemand eine Sprechanlage, die wenigsten haben eine Klingel. Die Menschen verschließen ihre Häuser nicht und selbst wenn sie es tun, verstecken sie den Schlüssel unter der Fußmatte.

Ich stelle mir vor, ich bin ein Mitgliederwerber in Lometz und fange dabei leise zu kichern an. Von den Einwohnern des Dorfes auf der nördlichen Seite des Balkangebirges haben sicherlich nicht mehr als zehn ein Konto. Das einzige, was sich in Lometz in den letzten zwanzig Jahren verändert hat, ist dass auf dem Rathausgebäude stolz eine EU-Flagge weht.

Trotzdem weiß ich nicht, ob der Bewohner vom nächsten „Age“ glücklicher ist. Hinter seiner Sprechanlage und Kamera, hinter seinem frisch gemähten Rasen und hinter dem Lenkrad seines Geländewagens erscheint mir Herr Müller sehr einsam. Sein Leben ist erdrückt von Sorgen. Sachen wie seine Steuererklärung, die Ausbildung der Kinder, die Affäre seiner Frau mit dem Cousin aus dem nächsten Dorf und die Tatsache, dass er ein blöder Bauer ist, bedrücken ihn so sehr, dass er selten lacht. Schließlich sieht man selten weiter als seine Nase und jeder glaubt, dass seine Probleme die größten sind.

Es wird langsam dunkel und ich werde bald abgeholt. Die Vision von Lometz verschwindet mit den letzten Sonnenstrahlen des Tages. Morgen sollen weitere deutsche Bürger um Spenden für die nächsten Upgrades gebeten werden. Nur der Himmel ist für alle gleich.

Chuck Norris ist ein Schlappschwanz

Sieben Nähte auf dem Kopf und ein ausgeschlagener Zahn. Das ist die Bilanz meines Bruders von seinem letzten Besuch in Sofia. Man stellt sich das irgendwie anders vor, wenn man in den Ferien seine Familie besuchen will. Die Schläger verwendeten den ältesten Trick der Welt. Ein schönes Mädchen kam in einer Bar auf ihn zu. „Alle warten draußen auf dich", sagte sie zu meinem leicht angetrunkenen Bruder. Er konnte sich nicht an dieses schönes Gesicht erinnern, aber irgendwie kam sie ihm bekannt vor. Vielleicht eine Mitschülerin aus der Volksschule oder eine alte Partyliebe. Jedenfalls ging er raus aus der Bar. Alle warteten auf ihn. Das Letzte woran er sich erinnern kann, ist eine Flasche, die auf seinem Kopf zerbrach. Am nächsten Tag erwachte er im Krankenhaus. Mit sieben Nähten auf dem Kopf und einem ausgebrochenen Zahn. Er hatte noch Glück.

Für einen erheblichen Teil der Menschheit ist das Leben eine Möglichkeit, sich die ganze Zeit gegenseitig zu verhauen. Das Gesetz des Dschungels ist leicht zu verstehen und noch leichter zu befolgen. Wenn du stark bist, kannst du den Schwächeren schlagen, und er fürchtet und respektiert dich. Alle TV- und Kinohelden machen es die ganze Zeit, und wer will nicht wie Chuck Norris sein.

Wenn meine Freunde Geschichten über Schlägereien erzählen, platzen sie vor Stolz. Sexuelle Eroberungen können schiefgehen und mächtig Ärger bringen, aber bei einer Schlägerei kommst du meistens mit einem blauen Auge davon. Es findet sich immer ein Weg, sich als Sieger darzustellen. Mein Freund Vlado zum Beispiel redet die ganze

Zeit über asiatische Kampfkunst und stellt Theorien auf, wie man sich am Besten in einer unerwarteten Schlacht verteidigen soll. Vlado ist der beste Kampfkunsttheoretiker, den ich kenne. Ich bin sicher Bruce Lee selbst kannte nicht alle Schläge und Tritte, die Vlado auf Lager hat. Mein Freund Sascho macht Vlado mächtig Konkurrenz und erzählt die ganze Zeit von seiner Vergangenheit als Fußballhooligan. Er wurde in unzählige epische Schlachten mit der Polizei und mit den Fans der gegnerischen Mannschaft verwickelt. Peter, ein sehr netter Kerl und seit Kurzem Vater eines Mädchens, schwärmt von den Zeiten, als er einen Typen mit einem Schlagring kaputtgeschlagen hat.

Ich kann mit den Geschichten meiner Freunde nicht mithalten. Bisher war ich immer der, der verdroschen wurde. Ich kann keinen einzigen Sieg verzeichnen. Egal ob in einem Randviertel von Sofia oder auf dem Donauinselfest in Wien – irgendwelche Jugendlichen fanden immer einen Grund, auf mich loszugehen. Mal habe ich wen schief angesehen oder ich lief gerade einem über den Weg, der gerade seine Aggressionen rauslassen wollte. Ich habe nie versucht, mich groß zu wehren, eher den Konflikt mit Worten zu lösen. Währenddessen bekam ich auf die Haube. Ich kenne mich mit Kampfkunst gar nicht aus, war nie bei einem Fußballspiel und bin nicht sicher, wie ein Schlagring aussieht. Auch Chuck Norris fand ich nie cool. Ich stand immer mehr auf Woody Allen. Ich hoffe, es bricht kein Krieg aus und ich muss nie zur Armee. Sonst wäre ich die erste Geisel.

„Wir müssen uns rächen!", sagten sofort Vlado, Sascho und Peter im Chor, als sie erfuhren, was mit meinem Bruder in Sofia passiert war. Nein, Leute, müssen wir nicht. Ich blieb bei meiner pazifistischen Einstellung. Keine Ahnung, ob ich auf Jesus Christus stehe oder einfach nur ein Hippie bin. Das Einzige, was wir mit einem Rachefeldzug erreichen können, ist dass mehr Menschen mit genähten Köpfen im Krankenhaus liegen. Die Schläger kriegen es irgendwann zurück oder auch nicht. Chillt ab, Freunde, nicht mit Muskeln sollt ihr den Menschen Respekt beibringen. Lasst das, eigentlich ist Chuck Norris nur ein Schlappschwanz.

Exportware Bulgare

Bulgarien ist seit vier Jahren Mitglied der EU. In einer neuen Studie des Instituts für wirtschaftliche Studien der bulgarischen Akademie der Wissenschaften haben 200 000 bulgarische Staatsbürger bestätigt, dass sie in den nächsten Jahren planen auszuwandern. Wirtschaftliche und familiäre Gründe traten als Auswanderungsmotive im Vergleich zu früheren Migrationswellen in den Hintergrund. Mehr als die Hälfte der Befragten gaben als Grund an: „Ich will einfach nicht mehr in Bulgarien leben".

Mein Mitschüler Ivan arbeitet in einer großen Computerfirma in Sofia. Eigentlich hat er Kulturanthropologie studiert. Da der Arbeitsmarkt aber nicht unbedingt nach Anthropologen schreit, repariert er das Internet von irgendwelchen Amerikanern.

Die Kunden dürfen nicht erfahren, dass sich die Leute, die sich um das fehlerfreie Funktionieren ihrer Internetverbindung kümmern, in Osteuropa befinden. Sonst schenken sie ihrem Anbieter kein Vertrauen. Schließlich ist Ivan in vielen Hollywood-Filmen der Bösewicht. Es kann nicht sein, dass sich jetzt ein Ivan um die Aufrechterhaltung des amerikanischen World Wide Web kümmert.

Dass Ivan gezwungenermaßen zu Jason wird, stört ihn wenig, denn er wird für seine Arbeit überdurchschnittlich gut bezahlt. Sein Monatslohn beträgt sechshundert Euro für eine Vierzig-Stunden-Woche – somit verdient er bei den Amerikanern zweihundert Euro mehr als ein Professor an einer bulgarischen Universität. Trotzdem will Ivan Bulgarien nächstes Jahr verlassen und sieht sich nach einer Stelle bei einer Computerfirma in Belgien um. „Ich habe es satt, hier zu leben", erzählt mir Ivan. „Ich kann Sofia einfach nicht mehr ausstehen."

Auch Maria plant, sich bald aus dem Staub zu machen. Maria arbeitet im Sofioter Kino. Das ehemals kommunistische Filmstudio wurde auch von einer US-amerikanischen Filmgesellschaft gekauft. Dort, wo früher Partisanen mit Nazis kämpften, brechen jetzt Dolf Lundgren und Steven Seagal das Genick von arabischen Terroristen. Das Privileg, die arabischen Terroristen zu spielen, haben jetzt die früheren Partisanen: bulgarische Schauspieler. Maria ist die persönliche Assistentin ausländischer B-Movie-Stars. Sie begleitet Steven Seagal bei seinen Rundfahrten in Sofia. Eigentlich kümmert Steven Seagal wenig, dass er in Bulgarien ist. Maria sagt mir, dass sie sich nicht ganz sicher ist, ob Seagal weiß, dass er jetzt in Sofia arabische Terroristen kaputtschlägt, um die Welt zu retten, oder tatsächlich glaubt, er sei in Pakistan. Maria hat keine Lust mehr, Seagal und andere B-Movie-Superhelden zu betreuen. Sie plant nach Amerika auszureisen, um es im „echten" Hollywood zu versuchen. „Ich habe keinen Bock mehr auf Sofia", sagt Maria zu mir. „Ich habe es satt, die Dienerin von irgendwelchen Amerikanern in meinem eigenen Land zu sein."

Bulgarien ist seit vier Jahren Mitglied der EU. Ich weiß nicht, was der Anteil meines Heimatlandes an der EU-Wirtschaft ist. Mir fällt kein Produkt ein, das Bulgarien produzieren und exportieren könnte. Außer Menschen. Jeder, der was in der Birne hat, will weg. Die jungen Menschen in Bulgarien haben vom Beitritt zur EU viel erwartet. Sie haben gedacht, dass sie jetzt die Zukunft ihres Landes selbst in die Hand nehmen könnten. Stattdessen blieb alles beim Alten. Die kleptokratische Elite ist die einzige, die bis jetzt vom EU-Beitritt profitiert hat. Irgendwann kehren Ivan, Maria und ich zurück. Ich hoffe nicht als alte Leute.

Shoot the DJ

Jeder zweite Mensch, den ich in Wien kennenlernte, war DJ. Auch unter den Bulgaren in Österreich ist DJ neben Taxifahrer der beliebteste Beruf. Ich verstehe die Menschen, die Taxler werden wollen. Dieser Beruf ist mit einem hohen sozialen Status verbunden und ist für viele ein gutes Sprungbrett in die Politik. Die Beziehungen zwischen den bulgarischen Taxlern in Österreich und dem Parlament in Sofia haben eine lange Tradition. Sie fing mit einem ehemaligen bulgarischen Botschafter an. Nach dem Ablaufen seines Mandates hängte er seine diplomatische Karriere an den Nagel und jobbte als Taxifahrer in Wien. Deshalb ist es auch kein Wunder, dass, wenn der bulgarische Premierminister Boiko Borissov Wien besucht, er immer von Taxifahrern umgeben ist. Sie führen verschiedene bulgarische Diasporaorganisationen an und sind bestimmt mit dem ehemaligen Botschafter befreundet. Wer sollte schließlich die bulgarische Politik zu besseren Tagen führen, wenn nicht die finanziell erfolgreichsten bulgarischen Migranten?

Die DJs hingegen tun mir meistens leid. Die Alpen wirken wie ein Magnet für junge Bulgaren, die gerne die Menschen mit ihren Sets terrorisieren. Schließlich stammen Größen des Geschäfts wie Kruder und Dorfmeister und DJ Ötzi aus der Gegend und wer will nicht wie sie sein? Der Erfolg meiner Landsleute in der Auflegerei ist aber fraglich. Mein ehemaliger Mitbewohner Angel war Gabber-Dj. Er zog bei mir mit seiner ganzen Ausrüstung ein. Ich bin sicher, dass unsere Wohngemeinschaft mein Leben um ein paar Jahren verkürzt hat.

Bevor Angel seine Musik vor Publikum spielte, probierte er seine Sets zuerst immer an mir aus. Ich gebe zu, dass ich nach so einem Gabbererlebnis oft an Selbstmord gedacht habe. Zum Glück ist Angel ausgezogen, um seine Gabberpartys in den Wäldern Bulgariens zu organisieren. Damit hat er mir meinen Glauben an die Menschheit zurückgeschenkt.

Mein Freund Georgi hingegen ist ein progressiver Dubsteb-Minimal-Deephouse-Breakbeat-DJ. Ich verstehe wenig davon, aber Georgi ist auf jeden Fall ein sehr moderner Mensch. Er legt auf Partys für ebensolche modernen Menschen in Wien auf. Ich habe einmal so eine Party besucht. Alle modernen Menschen saßen und schauten zu, wie die Schwester von Georgi versucht hat, zu dieser modernen Musik zu tanzen. Ihre Bewegungen ähnelten der eines Tintenfisches, der gerade auf einem Fahrrad reitet. Georgis Schwester war die einzige, die sich getraut hat zu tanzen. Ich konnte auch diese progressive Unterhaltung nicht lange aushalten und bin nach Hause gegangen.

Eine sadistische Neigung ist nicht unbedingt nötig, damit man DJ wird, ist aber auf jeden Fall hilfreich. Ich habe mich immer gefragt, wie man zu dem Entschluss kommt diesen Beruf auszuüben. Man wird entweder durch geheime Stimmen aufgefordert oder durch ein traumatisches Erlebnis in der Kindheit. Jeder zweite Bulgare, den ich in Wien kennenlerne ist entweder Taxifahrer oder DJ. Taxifahrer sind ganz nette Leute.

Frauen von der Venus, Männer aus dem Osten

Mein Freund Viktor studiert Violine an der Universität für Musik und Darstellende Kunst in Wien. Er kommt aus einer Musikantenfamilie und die Geige ist schon seit seinem vierten Lebensjahr sein Schicksal. Nachdem er das Musikgymnasium in Sofia absolviert hatte, entschied er sich, wie viele andere junge bulgarische Musiker auch, Sofia zu verlassen und mittels einer westeuropäischen Musikuniversität die Szenen Europas zu erobern. Seine Wahl war Wien, denn in Wien soll ja die klassische Musik erfunden worden sein. Er meisterte die Aufnahmeprüfung trotz riesiger Konkurrenz aus Asien und wurde zum Studium zugelassen. Seitdem lebt Viktor ganz normal in Wien, spielt regelmäßig in kleineren Orchestern, und arbeitet nebenbei als Pizzalieferant. Die deutsche Sprache hat er mit Hilfe von seinen Vorgesetzen aus Bangladesch in der Pizzeria, wo er gearbeitet hat, akzeptabel gelernt und kann normal mit jedem auf Deutsch mit einem leichten Bangladesch-Touch kommunizieren. Doch eines fehlt Viktor seitdem er in Wien ist gewaltig.

Als Schüler war er kein großer Playboy. Der „Sexgott" des Musikgymnasiums war bestimmt ein anderer, doch Viktor hatte das normale Liebes- bzw. Sexleben, das ein Zwanzigjähriger relativ gut aussehender Geigenspieler hat. Kaum brauchte er was anderes zu den Frauen zu sagen, die er traf, als dass er Geige spielte und die „un artist"-Lampe in ihren Köpfen leuchtete heller als die Sonne. Obwohl Viktor ein eher schüchterner Typ ist, passierte es ihm schon häufig, dass er das schöne Geschöpf, das neben ihm aufwachte, gar nicht so richtig kannte. Aber so was muss doch jeder auf der Suche nach der großen Liebe und sich selbst erleben. Nach dem Schulabschluss und der Aufnahmeprüfung in Wien freute sich mein Violinistenfreund auf neue künstlerische wie auch Liebesherausforderungen – Wien ist ja multikulturell und was verbindet die Leute mehr als die Musik? Doch seine Pläne haben nicht so richtig funktioniert und seit vier Jahren geht auf sexueller Ebene bei Viktor gar nichts mehr.

Und woher soll jetzt die künstlerische Inspiration kommen? „Ich habe nichts, verstehst du", erzählte mir voller Frust der sonst so ruhige und schüchterne Viktor, „mit der Nummer mit der Geige komme ich gar nicht weiter, Geigenspieler haben sie genug. Mit Exotik kann ich in Wien auch nicht richtig punkten, schließlich komme ich aus einem kleinen und unwichtigen Balkanland; und mit einem muskulösen Brasilianer aus Rio zum Beispiel kann ich mich gar nicht messen. Intelligenz und lange Gespräche waren niemals meine Stärke, denn schließlich spiele ich die Musik, ich rede nicht darüber." Während er mir das erzählte, versuchte er, einen besonders schnellen Satz aus Paganinis Capricen richtig zu spielen, doch seit mindestens zwei Stunden war er erfolglos – der Liebesmisserfolg schlug sich auf seine künstlerische Leistung nieder.

Die einzige Romanze, die Viktor während seines Aufenthalts in Wien hatte, war mit einem slowakischen Mädchen, das sehr betrunken war und kaum durch Viktors kleine Wohnungstür passte. Viktor erlebt jetzt mit vierundzwanzig seine zweite Pubertät. Er redet nur über Titten und Sex. Jede einzelne Frau, die er auf der Straße sieht, erscheint ihm wie eine Göttin. Ich habe ihm meinen Computer für ein paar Wochen geliehen, als ich weg war, und jetzt ist er voll mit Pornos und das Betriebssystem stürzt regelmäßig ab. Liebe österreichische Damen, seid gut und schenkt Viktor, wenn ihr ihn irgendwo trefft, wenigstens einen netten Blick, zerstört nicht seine Künstlerlaufbahn, er wird euch bestimmt dankbar dafür sein.

True Romance

Seitdem ich denken kann, denke ich an Frauen. Ja, ich weiß, dass sogar Freud über eine Latenzphase spricht, aber ich wollte schon immer die Mädchen umarmen. Schon seit dem Kindergarten versuche ich, die Vertreterinnen des anderen Geschlechts zu beeindrucken. Dass Frauen auf Materielles stehen, wusste ich schon früh. Meine erste Kindergartenliebe Sylvia sagte mir, dass sie mich erst lieben würde, wenn ich ihr ein Armband von meiner Mutter schenken würde. Ich war bereit alles für sie zu tun, deshalb fand ich schnell heraus, wo meine Mutter ihren Schmuck aufbewahrte und stahl das Armband. Sylvia trug es ständig, sie wurde offiziell meine Freundin und ich durfte mit ihr

Mama und Papa spielen. Unsere Liebe endete aber tragisch. Als mich meine Mutter vom Kindergarten abholte, bemerkte sie ihr Armband an Sylvias Hand. Sie nahm es ihr wieder weg, ohne Rücksicht auf meine Gefühle und verpasste mir eine ordentliche Tracht Prügel. Damals lernte ich, dass Liebe auch weh tun kann.

Meine erste große Liebe war aber Radostina. Sie war neun und ich war sieben. Ich stand schon immer auf reifere Frauen. Mich und Radostina verband das Showbusiness. Ich war gerade einer der Stars in einem Remake eines klassischen bulgarischen Dramas über den ersten Balkankrieg 1912. Ein Mann zieht in den Krieg an die Front und stirbt wenig später. Seine Frau heiratet seinen besten Freund, wenige Tage nach der Hochzeit taucht der vermeintlich Tote plötzlich wieder auf – das Drama ist perfekt. Ich spielte das Kind des ersten Mannes. Ich durfte mit einem Holzgewehr durch die Gegend laufen und nach dem Dreh bekam ich Lego. Das war mein erster Job. Radostina hingegen war die Tochter der Sängerin im Restaurant in der kleinen bulgarischen Stadt Teteven, wo die Filmcrew immer zu Abend gegessen hat.

Wenn ich gerade frei hatte, gingen Radostina und ich im Wald spazieren. Wir rollten uns auf den Wiesen, versteckten uns in den Grotten und kletterten auf die Bäume des geheimnisvollen Balkanwaldes. Auf so einem Baum fanden wir einmal ein Vogelnest. Ich betrachtete es skeptisch. „Das ist eindeutig ein Amselnest“, sagte ich mit sicherer Stimme. Radostina schaute mich beeindruckt an. Wie konnte ich sofort erkennen, dass wir gerade ein Amselnest gefunden hatten? Und das obwohl ich damals, wie auch heute, eine Amsel von einem Storch nicht wirklich unterscheiden kann. Jedenfalls war Radostina von meinem Intellekt überwältigt. Am Abend danach zerrte mich meine erste große Liebe unter den Tisch, wo die Filmcrew saß und ihre Mutter laut „Nur du, Herz, bist mir ein Freund im Leben“ trällerte. Ich bekam meinen ersten Kuss.

Am nächsten Tag musste ich nach Sofia zurück. Die Dreharbeiten waren beendet und mein neues Lego half mir, die weichen Lippen von Radostina zu vergessen. Manchmal denke ich an sie. Ich frage mich, ob sie auch, wie ihre Mutter, Sängerin in einem dreckigen Restaurant in einer kleinen bulgarischen Stadt geworden ist. Ich stelle sie mir vor, wie sie den traurigen Schlager „Nur du, Herz, bist mir ein Freund im Leben“ singt und ich denke an ihre wundervollen Lippen und an den Geruch des Tetevener Balkans.

Und ich? Ich versuche es mit meiner Amselnestnummer weiter. Manchmal habe ich sogar Erfolg.

Ein Matrose an der Uni

Ich saß zu Hause bei meinem Freund Stefan und sah zu, wie er seinem siebenjährigen Sohn Max das Schachspielen beibrachte. Dabei rauchte er seinen dritten Joint an diesem Tag. Nicht gerade vorbildlich für einen Vater. Doch ohne den Joint und ein paar Bierchen konnte sich Stefan keinen Feierabend vorstellen. Max war inzwischen an die komisch riechenden Zigaretten seines Vaters gewöhnt und freute sich, dass ihn Stefan beim Schach gewinnen ließ. Danach spielte er mit der kleinen Eisenbahn, die er zu Weihnachten bekommen hatte. Wie verzaubert beobachtete er den Zug, der seine unendlichen Runden auf dem Boden von Papas Wohnung drehte.

Stefan seufzte kurz. Der größte Tiefschlag, den er in seinem Leben hinnehmen musste, war, dass sein Sohn seinen Familiennamen nicht tragen durfte. Seine Ex-Frau hatte ihn geändert. Immerhin durfte Stefan den kleinen Max jedes zweite Wochenende sehen und ihm alles erlauben, was zu Hause bei Mama verboten ist.

Nicht immer sah das Leben des heute Vierzigjährigen so aus. Als gelernter Binnenschiffsmatrose konnte er auf der Donau ferne Länder bereisen, war „ziemlich ein Rocker“, wie er selbst meint. Stefan hatte zwei Autos, ein Motorrad, trug seine Haare lang und die Frauen standen auf ihn. Das Leben war eine große Party und Stefan war immer mittendrin. Irgendwann lernte er eine schöne Philippinin kennen. Er hatte schon eine Vorliebe für asiatische Frauen, sie wurde schwanger und er heiratete sie.

Doch das Leben als Familienvater war etwas ganz anderes, als mein Freund es bisher gewohnt war. Die Party ging für ihn weiter und sein Drogenkonsum stieg. Mittlerweile gab es keine Zeit mehr zum Arbeiten, Stefan verkaufte das Motorrad und ein Auto, das Geld für Kokain war niemals genug. Wie von selbst löste sich seine Ehe auf. Die schöne Philippinin konnte die ständigen Drogenexzesse ihres Ehemannes nicht mehr aushalten, ließ sich scheiden, nahm den kleinen Max mit und zog mit einem anderen Mann zusammen. Irgendwann musste Stefan sein letztes Auto verkaufen, doch das war damals egal, denn wegen „Drogenkonsum am Steuer“ hatte er sowieso keinen Führerschein mehr. „Sie sind ein Soziopath!“, meinte der Polizeibeamte, der Stefan damals den Führerschein entzog.

Die Schulden des Ex-Matrosen wuchsen gewaltig. Pfänder von diversen Banken kamen fast wöchentlich in seine Wohnung, um zu schauen, ob sie ihm was wegnehmen konnten. Eine kleine Rettung war die zweite Ehe von Stefan. Mit Maria, einer Serbin, die er auf der Straße kennengelernt hatte. Sie wurde seine Frau, um die österreichische Staatsbürgerschaft zu erlangen. Dafür sollte sie ihm zweihundert bis dreihundert Euro im Monat geben. Doch daraus wurde dann irgendwie nichts und Stefan war wieder „on the road to hell“, wie er selber sagt.

Die große Wende in seinem Leben brachten Peter und Gerry, zwei bulgarische Studenten, die er auf dem Treppenhaus in seiner Wohnung kennenlernte. Sie zogen mit ihm zusammen und halfen Stefan aus dem Kokainsumpf heraus. Seitdem ist Stefan Freund und Ersatzvater von vielen bulgarischen Studenten in Wien. Ein vierzigjähriger

Teenager, der für viele Bulgaren hier der typische Österreicher ist, weil sie keine anderen kennen.

Stefan ist der Mann, der dafür sorgt, dass es immer ausreichend Toilettenpapier in den Klos der Uni gibt. Und das ist einer der wichtigsten Jobs der Welt.

Ans Meer gehen

Das „ans Meer gehen" ist ein Ritual, das der Bulgare im Sommer so gut wie nie auslässt. Es gibt nichts Wichtigeres, als wenigstens für einen Tag seinen Hintern im *Pontos Euxeinos*, besser bekannt als das Schwarze Meer, nass zu machen. Die Hoffnung, dass dieser Tag kommen wird, gibt den Bulgaren die Kraft, den Winter zu überstehen. Für eine kurze Zeit hören die Menschen massenweise auf, auf die helle kapitalistische Zukunft Bulgariens zu bauen und stürzen sich wie verrückt auf die ungefähr dreihundertfünfzig Kilometer lange Schwarzmeerküste.

Wir fahren mit meinem Freund Georgi ans Meer. Georgi wohnt seit Jahren in Österreich und will mir seine Heimatstadt Nessebar zeigen. Nichts wünscht sich Georgi mehr, als wieder auf dem Stück Strand zu liegen, wo er einst seine Jungfräulichkeit mit einer polnischen Touristin verloren hat. Als wir Nessebar erreichen, suchen wir vergebens stundenlang nach diesem legendären Ort. „Ich habe es gefunden!", schreit plötzlich Georgi auf. Sein Blick zeigt aber alles andere als Freude. Dort, wo früher Georgi allein mit seiner Urlaubsliebe gelegen hat, steht jetzt eine neue Stranddisko. Das Geschrei der Möwen wurde durch David Guetta-Hits ersetzt. Romantik ist nicht mehr das, was sie einmal war.

Das Schwarze Meer ist für die Bulgaren nicht nur eine nahe Urlaubsmöglichkeit. Für viele ist es vor allem ein Mittel Geld zu verdienen. Schon vor der Wende waren die Kurorte Goldstrand und Albena ein beliebtes Reiseziel für Touristen aus der Sowjetunion, der DDR und anderen brüderlichen sozialistischen Ländern. Nach 1989 haben die billigen All-inclusive Angebote vor allem Urlauber aus Deutschland, England und Skandinavien angelockt.

Die Schwarzmeerküste ist zum leckersten Bissen aus dem bulgarischen Wirtschaftskuchen geworden. Ehemalige Politiker und Businessmen mit Mafiaverbindungen haben ihr Geld in Hotels, Shoppingzentren, Diskos und Aquaparks investiert. Nach mehr als zwanzig Jahren Demokratie, ist die Schwarzmeerküste kaum wiederzuerkennen. Die einst einsamen Buchten sind jetzt voll mit Jetskis und Bananenbooten. Städte wie Nessebar und Sozopol waren früher für ihre antike Architektur bekannt. Heute wird man dort an jeder Ecke aufgefordert, sich ein „authentisch bulgarisches" aufblasbares Krokodil zu kaufen.

Die rasche und hässliche Bebauung der Schwarzmeerküste hat viele Bulgaren dazu gebracht, ihr Urlaubsglück im benachbarten Griechenland zu suchen. Für alle, die für „ihr Meer" nicht bezahlen wollen, bleiben wenige unbebaute Strandoasen wie Irkali und Karadere zwischen den zwei größten bulgarischen Meeresmetropolen Burgas und Varna und die Strände ganz südlich oder ganz nördlich an der Grenze zur Türkei und Rumänien.

Nur dort kann man das Meer immer noch ohne Strandliegen und Houseclubs genießen – dank der Wirtschaftskrise, denn sie hat den Bau von weiteren Urlaubspalästen, wie zum Beispiel im ehemaligen Naturschutzgebiet Emona-Irkali, verhindert.

Georgi und ich setzen uns in eine Bar in Nessebar, von der aus wir das Meer anschauen können. Jeder von uns bestellt einen „Oblak" – der beliebteste Sommercocktail in Bulgarien. Fünfzig Milliliter Mastika – der Anisschnaps, der in Griechenland als Ouzo und in der Türkei als Raki bekannt ist und fünfzig Milliliter Menta – ein Pfefferminzlikör. Wir trinken unser „Oblak" und schauen aufs Meer. Auf unser Meer, das unsere Eltern ihr Plattenbauleben vergessen ließ. Langsam fangen auch wir an, unser armseliges Migrantenleben zu vergessen. Ich werde immer „ans Meer" gehen". Wenigstens für einen Tag.

Monica, beiß zu!

Der Sommer 1998 war schrecklich für mich. Meine Mutter hatte eine Stelle in Berlin bekommen. Ich sollte mit ihr nach Deutschland gehen. Da ich kein Wort Deutsch verstehen konnte, sperrte mich meine Mutter in ein Zimmer des bulgarischen diplomatischen Wohnblocks: Ich sollte den ganzen Tag fernsehschauen und dadurch Deutsch lernen. Alle anderen Jungs in meinem Alter flirteten auf dem Hof mit den echten Mädchen, nur ich sollte mich mit den Fernseh-Schönheiten beglücken. Mein Leben als Gefangener der deutschen Sprache hat mir aber ungeahnte Welten eröffnet.

Heute genau vor 13 Jahren hat US-Präsident Bill Clinton öffentlich zugegeben, dass er eine „unangemessene Beziehung" mit der Praktikantin im Weißen Haus Monica Lewinsky gehabt hatte. Clinton wurde wegen Falschaussagens einem Impeachmentverfahren unterstellt. Die Geschichte vom geilen Bill und seinem Saxophon im Oval Office ging um die Welt.

Und ich besuchte einen Deutschkurs. „Monica, stisni zube" („Monica, beiß zu!"), das stand auf dem T-Shirt meines ehemaligen Deutschkurs-Klassenkameraden Dragan aus Serbien. Zu dieser Zeit flüchteten unzählige Menschen sowohl aus Serbien, als auch aus dem Kosovo nach Berlin. Dragan hatte in Deutschland Asyl beantragt und sehnte sich nach einer wenn nicht politischen, dann zumindest physischen Rache für Clinton. Zu dieser Zeit glaubten viele Serben, dass nicht das Milošević-Regime, sondern der Wunsch Clintons, seine Sexaffäre zu vertuschen, schuld an den NATO-Bombardierungen über Serbien war. Ich habe

Dragan mehr oder weniger verstanden. Kurz davor sind wir mit einem Auto an Belgrad vorbeigefahren. Von der Autobahn konnte man das immer noch rauchende Skelett des serbischen Rundfunkgebäudes beobachten, das von einer NATO-Bombe getroffen worden war. In meinem Alter erschien mir die Aufschrift auf Dragans T-Shirt mutig und irgendwie anziehend.

Ich habe die ganze Zeit an Clinton gedacht. Da mein Deutsch schwach war, konnte ich darüber nicht mit den anderen aus meinem Kurs diskutieren. Deshalb fing ich an, bei verschiedenen Sexhotlines anzurufen. Da brauchst du nicht viel zu reden. All das hatte aber unerwartete Folgen. Nachdem wir die Telefonrechnung bekommen hatten, versuchte meine Mutter, sich bei der Telekom zu beschweren. Dort wurde ihr gezeigt, mit welchen Nummern ihr Sohn gesprochen hatte und sie musste die Klappe halten. Sie ließ alle Sexnummern sperren, aber ich fand einen Weg, um meiner Freizeitbeschäftigung weiter nachzugehen. Ich fand andere Sexhotlines, stationiert auf der Insel Tuvalu im Pazifik. Unsere Telefonrechnung wurde noch größer. Meine Mutter ging das Risiko ein, uns von der Welt abzutrennen und hat uns vom Telefonnetz abgemeldet. Sie wollte auch meine Erklärungen nicht hören, dass ich durch solche Gespräche nur meine Deutschkenntnisse verbessern wolle.

Die Lewinsky-Affäre hat sich für mich vom Oval Office durch den Balkan bis zum Pazifik verbreitet. All das erscheint mir heute lustig, aber Clinton wäre vielleicht das Lachen vergangen, wenn Monica tatsächlich zugebissen hätte. Und die Balkangeschichte wäre vielleicht anders verlaufen.

Der kleine Dissident

Meine politische Karriere begann, als ich fünf Jahre alt war. Der Kommunismus war gerade dabei, sich aus Europa zu verabschieden. Meine Eltern, erfüllt von der Begeisterung, dass sie endlich freie Menschen sein könnten, nahmen mich auf alle antikommunistischen Kundgebungen mit. Mein Anblick – ein Kind mit rosa Wangen, das auf den Schultern seines Vaters sitzt – brachte die Massen der Demonstranten zum Lächeln. Vielleicht sahen sie in mir ihre Zukunft, lächelnd und sorglos.

Ich fühlte mich wunderbar im Rampenlicht. Je mehr Leute mich anschauten, desto lauter schrie ich: „Zum Fernsehgebäude!", obwohl ich gar nicht wusste, warum alle das Fernsehgebäude stürmen wollten. So war ich, auf dem Rücken meines Vaters, ein wichtiger Teil der bulgarischen „sanften" Revolution. Fast alle osteuropäischen Revolutionen begannen mit dem Sturm auf das staatliche Fernsehen.

Vor zwanzig Jahren, Ende August 1991, sah ich meinen Vater mit einem besorgten Blick. Zwei verschiedene Pechsträhnen hatten ihn auf einmal erwischt: Sein Auto wurde gestohlen und in Moskau war gerade der Putsch gegen Gorbatschow ausgebrochen. Wegen des Autos sollte man sich nicht viele Sorgen machen. Es war ein kleiner polnischer Fiat 126 p, der seit Jahren ohne Akkumulator vor unserem Plattenbaublock gestanden hatte. Ich ging mit meinem Vater das Auto suchen. Ohne Akku sollte es der Fiat nicht sehr weit geschafft haben. Auf dem Weg erzählte mir mein Vater, dass jetzt die Kommunisten in Moskau und in Bulgarien wieder an die Macht kommen werden. Mit oder ohne Auto – die Zukunft sah nicht mehr so sorglos aus wie früher. Ich stellte mir den guten Gorbatschow vor, der gerade von den anonymen bösen Kommunisten gefoltert wurde.

Auf der Suche nach unserem Auto erreichten wir das nahegelegene Romaviertel. Ich sah in den Augen meines Vaters, dass er die Hoffnung auf ein Wiedersehen mit dem

Fiat schon verloren hatte. Ein nach Schnaps riechender Mann lief uns entgegen. „Onkel, weißt du was mit Gorbatschow los ist?“, fragte ich. Die beiden Geschichten waren so in meinem Kopf vermischt, dass ich sie nicht auseinander halten konnte. Der Roma, der sicherlich noch weniger als ich wusste, wer Gorbatschow war, schaute mich nur kurz an, kniff mir in die Wange und zeigte mir sein Lächeln, gefüllt mit Goldzähnen. „Mein kleiner Dissident“, sagte mein Vater zu mir. So endete meine politische Karriere.

Wir haben das Auto hinter unserem Wohnblock gefunden. Kinder hatten es aus Spaß weggeschoben. Gorbatschow kam zurück und wenig später fiel die Sowjetunion auseinander.

Von Geigern und anderen Unannehmlichkeiten

Heute hat der große israelische Geiger Itzhak Perlman Geburtstag. Er gilt als einer der bedeutendsten Geiger der zweiten Hälfte des 20. Jahrhunderts. Mit vier Jahren erkrankte er an Kinderlähmung. Er konnte geheilt werden, ist jedoch in Folge der Krankheit auf Krücken angewiesen und spielt deswegen im Sitzen.

Ich liebe seine Musik, aber ich würde ihn nie als Mitbewohner wollen. Ich glaube, dass er – wie der berühmte spanische Geiger Pablo de Sarasate – den Mythos seiner Genialität mit einem täglichen zehnstündigen Üben über zwanzig Jahren hinweg erklären würde.

Ich habe mal mit drei Geigern für einen Monat in einer Wohnung gelebt – das reicht für mein ganzes Leben.

Damals wohnte ich in einer schlecht beleuchteten, verrauchten Souterrainwohnung. Zu Zeiten der Monarchie wohnte dort sicherlich der Portier. Meine Wohnung, der Hinterraum einer Pizzeria, war bestimmt auch seit Monarchiezeiten nicht gestrichen worden. Wenn man einmal drin war, glaubte man die ganze Zeit, dass alle Ausgänge verriegelt wären.

Mein Mitbewohner studierte Violine am Konservatorium. Als ob sie es vorher abgesprochen hätten, kamen zu dieser Zeit seine Schwester und meine damalige Freundin, um sich auch am Konservatorium für Violine zu bewerben. Drei Geiger auf zwanzig Quadratmetern, die zehn Stunden am Tag üben, um den Ruhm Itzhak Perlmans zu erreichen, sind eindeutig zu viel. Zu dieser Zeit arbeitete ich bei der Fußballeuropameisterschaft in Österreich. Ich verkaufte die ganze Nacht Bier an Fußballfans. Nach einer schlaflosen Nacht ging ich zurück in das Loch, das ich meine Wohnung nennen durfte. Und dort haben immer drei muntere Geiger auf mich gewartet, bereit, den ganzen Tag zu üben.

Ich hätte nie gedacht, dass mir das Geschrei der Fußballfans viel lieber sein würde, als der Klang einer Geige. Aber es war so! Ich wartete mit großer Ungeduld darauf, dass meine „Zeit zum Ausruhen“ endete, ich die Welt von Paganini verlassen konnte und das wunderbare Meer von Flüchen und Bierrülpsern der Fußballfans wieder betrat. Es ist vielleicht unfair gegenüber der Kunst, aber unser Leben ist immer komplizierter als unsere Vorstellungen davon. Ich versuchte, so viel Zeit wie möglich außerhalb meiner Wohnung zu verbringen. Das hatte sicherlich Folgen, denn wenig später trennte ich mich von meiner Freundin. Sie wurde leider nicht aufgenommen. Ich frage mich, ob Perlman durch sein Geigenspiel auch Probleme mit den Frauen hatte.

Die Grenze

Fünfundvierzig Jahre lang war Bulgarien die Außengrenze der sozialistischen Welt. Menschen aus ganz Osteuropa, die mit dem kommunistischen System nicht zufrieden waren, kamen als Touristen nach Bulgarien und versuchten in Griechenland und in die Türkei zu flüchten. Ich habe Geschichten über Leute gehört, die in der Nacht mit einem Deltaplaner von den Gipfeln der südlichen bulgarischen Bergen sprangen, mit der Hoffnung „in der Freiheit zu landen“. Andere probierten ihr Glück mit einem Surfboard und schwarzem Segel. So wollten sie, von den Grenzbehörden unentdeckt, die türkische Schwarzmeerküste erreichen.

Um die kommunistische Ordnung vor solchen Flüchtlingen zu schützen, hatte der bulgarische Staat auf seiner südlichen Grenzen unzählige Schranken und Wachtürme installiert. Hunde liefen herum und die Grenzsoldaten hatten den Befehl zu schießen.

Bald nach dem Fall der Berliner Mauer fielen auch die bulgarischen Grenzschutzzäune auseinander. Die Teile, die nicht von der lokalen Bevölkerung gestohlen wurden, fingen an zu verrosten. Um die Grenze zu überqueren, musstest du nur die Richtung kennen.

Heute ist Bulgarien wieder eine Außengrenze – dieses Mal der Europäischen Union. Um Teil des Schengenraums zu werden, wurde Bulgarien aufgefordert eine Grenze zur Türkei wieder aufzurüsten.

Früher wurden die Menschen vom System nicht rausgelassen, heute kommen sie nicht in das System rein.

Trotz Wiederaufrüstung der Grenze kommen Bulgaren und ihre nördlichen Nachbarn von Rumänien nicht vor 2012 in die Schengenzone. Laut den letzten Äußerungen des deutschen Innenministers Hans-Peter Friedrich sind die beiden Länder nicht bereit, in die „grenzfreie Zone“ aufgenommen zu werden, wegen ihrer mangelnden Fortschritte in der Korruptionsbekämpfung.

Ja, Herr Friedrich hat recht. Die Korruption ist stark, die Bekämpfung dagegen sehr schwach. Ich habe einen Vorschlag an den Herrn Minister, der auf der historischen Erfahrung Bulgariens basiert. Nach der Befreiung von der osmanischen Herrschaft Ende des 19. Jahrhunderts kamen viele Ingenieure, Architekten, Juristen und Musiker aus

Österreich-Ungarn und Deutschland nach Bulgarien. Zahlreiche von ihnen blieben bis zum Ende ihres Lebens und übernahmen viele der Sitten der Balkanesen.

Ich schlage dem Herrn Innenminister vor, dass man die bulgarischen Polizisten mit deutschen austauscht. Ihre Gehälter sollen aber so wie jetzt bleiben. Ich wette, dass sie bald auch anfangen, Schmiergelder zu nehmen. Wenn sie für immer im Lande bleiben, wird alles genau so sein, wie jetzt. Aber wenn sie sich eines Tages entscheiden sollten zurückzukehren, wird der deutsche Minister den Feind im eigenen Bett haben. Wer sollte dann das friedliche Leben der Schengenbürger hüten?

Die Bulgaren haben ein Sprichwort: „Der arme Mensch ist der wahre Teufel." Und der Teufel kennt keine Grenzen. Ich weiß, die Minister im alten Europa haben viel mehr Erfahrung als ich. Und ich hoffe, sie werden sich bald etwas anderes ausdenken, als neue Grenzen zu bauen, auch wenn sie den schönen Namen „Schengengrenzen" tragen.

Die fliegenden Mazedonier

Als ich ein Teenager war, wollte ich Profibasketballspieler werden. Ich hatte ein Poster mit Michael Jordan an der Decke über meinem Bett. Das erste, was ich gesehen habe, wenn ich die Augen öffnete, war das Siegeslächeln des „Chicago Bulls"-Stars. Als ich schlafen ging, sah Michael Jordan auf mich „von oben" herunter. Damals lebte ich mit meiner Familie in Berlin und hatte mich bei einem Basketballverein angemeldet. Ich hatte schnell begriffen, dass ich keine Zukunft als Basketballspieler habe. Meine Mannschaft „Tus Neukölln" war die zweitschlechteste Basketballmannschaft in ganz Berlin. Die schlechteste war die zweite Mannschaft unserer Mannschaft. Trotzdem ging ich gern zum Basketballtraining. Im „Tus Neukölln" war die Mehrheit meiner Mitspieler aus migrantischen Familien. Ich spielte zusammen mit Russen, Polen, Türken und Armeniern. Auf dem Basketballplatz war es egal, wo du geboren warst. Es zählte nur, wie hoch du springen kannst.

Mein bester Freund aus dem Team war Igor aus Bitola, Mazedonien. Vielleicht, weil wir uns in einer gemeinsamen slawischen Sprache verständigen konnten. Seine Eltern waren Wirtschaftsflüchtlinge. „Mazedonien ist ein sehr schönes Land", sagte sein Vater einmal, „aber Steine kann man leider nicht essen." Mit Igor war ich ein Team, auf dem Platz und auch außerhalb. Ich habe einige der schönsten Flüche meines Lebens von ihm gelernt.

Ich habe neulich an Igor gedacht, weil ich gerade die Basketball-EM verfolgt habe. Bei dieser EM erreichte die Republik Mazedonien das Halbfinale. Trotz ihrer Außenseiterrolle verloren die Mazedonier nur gegen die künftigen Europameister aus Spanien. Das ist der größte sportliche Erfolg in der Geschichte eines der jüngsten europäischen Staaten. Ich freue mich für dich, Igor, wo immer du auch bist!

Tausende feierten in Skopje den Erfolg der Basketballnationalmannschaft Mazedoniens. Der größte Star ist ein etwas dunkelhäutiger Mazedonier aus New Orleans – Bo McCalebb. Die Homepage der NBA kommentierte das so: „Bo McCalebb wird für ein Abendessen in Mazedonien nie wieder etwas zahlen müssen."

Wie so oft ist Sport ein Katalysator des Selbstbewusstseins von einem der kleinsten und ärmsten Völker in Europa geworden: „In Mazedonien gibt es nichts, außer Steine", sagte Igor früher. Jetzt gibt es auch Basketball. Dazu kam, dass der Siegeszug der Mazedonier bei der EM mit einem Sieg gegen Griechenland begonnen hatte, einer ausgewiesenen Basketballmacht in Europa. Außerdem stellen die Griechen Ansprüche auf den Namen Mazedoniens. Laut ihnen ist das Wort „Mazedonien" griechisch und kein anderes Land darf sich so nennen. Auch Bulgarien und Serbien – zwei andere Länder, die sich paternalistisch gegenüber Mazedonien verhalten – waren in der Endwertung der Basketball-EM hinter den Mazedoniern.

Ich frage mich, ob die Teenager in Mazedonien heute ein Bo McCalebb Poster über ihren Köpfen hängen haben, wie ich früher eines von Michael Jordan. Und ob sie auch beten: „Du Bo McCalebb, der du von oben schaust, gib uns Brot. Wenn nicht Brot, dann wenigstens noch einen Sieg!"

Viva la Revolution!

Ich liebe das Protestieren. Es ist mir egal wogegen – Kommunismus, Studiengebühren oder das Finanzsystem.

Zum ersten Mal in meinem Leben protestierte ich mit drei. Meine Eltern nahmen mich, zum Schreck ihrer Eltern, auf alle antikommunistischen Kundgebungen in Sofia mit. „Dass, die euch jetzt verhaften, ist mir ganz egal", meinte meine Oma, die immer noch fest daran glaubte, dass die kommunistische Ordnung in Bulgarien ewig halten würde, „aber denkt an das Kind, soll es auch im Gefängnis verrecken?" Meine Eltern ließen sich aber nicht abschrecken. Sie spürten, dass sie an der Schwelle der Freiheit stehen und wollten, dass ihr Kind auch früh lernt, dass freie Menschen für ihre Freiheit kämpfen sollen.

„Nie wieder Kommunismus!" und „Die Zeit gehört uns!", schrien die Menschen der bulgarischen „sanften" Revolution von 1989 auf dem Platz vor dem Parteihaus in Sofia. Die Bulgaren sehnten sich, wie alle anderen Osteuropäer, nach Freiheit. Eine Freiheit, die ihnen von einer fremden Großmacht vor fünfundvierzig Jahren geraubt worden war. Statt Freiheit wurde den Bulgaren Gleichheit angeboten. Die Gleichheit verwandelte sich schnell in Gleichgültigkeit. Der Konformismus prägte jahrelang das Leben meiner Vorfahren. Dazu kam, dass einige wenige es geschafft haben, gleicher als die Gleichen zu werden.

Und genau sie brachten die Bulgaren 1997 wieder auf die Straßen. Nach dem Zerfall des kommunistischen Systems verschwand das Kapital des Staates der „Arbeiter und Bauern“ in den Koffern der „Gleicheren“ aus dem Land. Ich war in der Mittelschule. Zusammen mit meinen Mitschülern und der Klassenlehrerin bauten wir eine Barrikade auf der Straßenkreuzung vor der Schule.

Im Land herrschte eine Hyperinflation, die Banken gingen eine nach der anderen Pleite und das Brot verschwand aus den Regalen der Geschäfte. Die Menschen protestierten wieder. Sie stürmten das Parlament, allerdings wurde die „Freiheit“ durch „Brot“ in den Forderungen ersetzt. Die Kommunisten und ihre Nachfolger wurden wieder für die miese Lage verantwortlich gemacht: „Wer nicht springt, ist einer von den Roten“, sangen die springenden Studenten bei ihren Protesten vor dem Parlament.

Seitdem ich in Wien bin, verfolgt mich die Wut der Massen immer wieder. Bei einem meiner ersten Jobs musste ich im Keller einer Bank im ersten Bezirk den Kontostand der Kunden kuvertieren. Es interessierte mich gerade wenig, dass Herr Meier aus Bregenz fünf Millionen Euro auf seinem Konto hatte und Frau Schmidt aus Hartberg sich mit nur dreihunderttausend beglücken musste. Ich war froh, dass ich nach einer Woche kuvertieren zweihundert Euro auf meinem eigenen Konto haben konnte, was mir ein einmonatiges Festmahl mit Ketchup-Spaghetti sicherstellte.

Nachdem ich die Kuverts gestapelt hatte, sollte ich die Informationen über die Millionen auf den österreichischen Kontos in orange Kisten auf einem Schiebewagen zur Post transportieren. Dann passierte etwas Schreckliches. Ich schob meinen Wagen langsam und sicher durch die engen Gassen im ersten Bezirk, als ich ein unglaublich lautes Geschrei hinter mir hörte. Eine Studentendemo verfolgte mich. Ich versuchte Tempo zu machen, da ich Angst hatte, dass alle Kuverts auf die Straße fallen und ich sie nie wieder ordnen könnte. Die Demo war aber schneller und ich sah meinem Schicksal entgegen. Mit einer Hand schob ich die Karre mit den Briefen nach vorne. Die andere ballte ich zur Faust und streckte sie in die Luft. „Die Gebühren müssen weg!“, schrie ich, während ich ganz gut aufpasste, dass die Millionen von den österreichischen Konten nicht auf die Straße fielen. Alles lief gut. Ich schaffte es bis zur Post, ohne die Briefe auszukippen und die Studiengebühren in Österreich wurden abgeschafft.

Letzten Samstag war ich wieder protestieren. Wie ich euch schon am Anfang erzählt habe, liebe ich es einfach. Es ist mir egal wogegen – Kommunismus, Studiengebühren oder das Finanzsystem. Hauptsache: ich bin nicht einer von diesen neunundneunzig Prozent, denen es immer schlecht geht. Aber vielleicht wenn ich zu den wenigen übergehe, die es nicht nötig haben zu protestieren, geht das Wunderbare am Leben einfach verloren? Wer weiß.

Der dornige Weg in die Selbstständigkeit

Tolstoi hat gesagt, dass alle Menschen gleich im Glück, aber unterschiedlich im Unglück sind. Mein Freund Georgi hat nie Tolstoi gelesen. Lesen ist nicht seine Stärke, Georgi arbeitet mit seinen Händen. Und obwohl Georgi nie viel mit Lesen zu tun hatte, lag genau darin sein Unglück.

Georgi arbeitete in einem Bildhauerei-Atelier. In dieser Kunstmanufaktur fertigte mein Freund von morgens bis abends die Werke von einem berühmten österreichischen Künstler an. Seine Kreationen wurden in der ganzen Welt ausgestellt. Georgi mochte seinen Job, war fleißig und stets pünktlich. Seine mangelnden Deutschkenntnisse kompensierte er durch sein Geschick und verständigte sich mit seinem Chef durch Körpersprache. Er arbeitete in der Firma „schwarz“, der Arbeitsmarkt ist für bulgarische Staatsbürger geschlossen. Eines Tages trudelte ein Brief vom AMS im Atelier ein, der eine Untersuchung der Arbeitsverträge ankündigte. Der einzige Weg, dass Georgi seine Stelle behalten konnte, war die Gründung einer fiktiven Firma, die dann für seinen Chef arbeiten sollte. An den Tätigkeiten und am Gehalt änderte sich natürlich nichts.

Georgi war wohl ein begnadeter Handwerker, der Umgang mit der riesigen Verwaltungsmaschine im Staat Österreich überforderte ihn aber grenzenlos. Er fühlte sich wie Josef K. aus Kafkas „Prozess". Seine fehlenden Deutschkenntnisse brachten ihn auch nicht überall weiter. Aufgrund seiner „Ostmensch"-Einstellung fühlte sich Georgi in allem schuldig. Sein Reisepass erschien ihm zu dreckig. Auf dem hinteren Deckel war ein runder Fleck von einem Glas. „Super, die denken jetzt auch noch, dass ich ein Säufer bin", dachte sich Georgi. Als er endlich seinen Pass am Schalter abgeben sollte, sagte er entschuldigend: „Kaffee, nicht Cognac" und lächelte die Beamtin verlegen an. Sie reagierte gar nicht, Georgi bekam panische Angst. Die Wirtschaftskammerangestellte verlangte eine Bescheinigung von der Krankenkasse. Alles, was Georgi verstand, war „krank". Um zu zeigen, dass er nicht krank war, sondern in bestem körperlichen Zustand, die nötige Gewerbebescheinigung zu bekommen, machte Georgi am Schalter einen Spagat und zehn Liegestütze. Jetzt war es die Beamtin, die panische Angst bekam. Sie dachte, sie hätte es mit einem Verrückten zu tun und rief die Security. So erfolglos endete der erste Kampftag mit der Verwaltung.

Georgi entschied nicht aufzugeben und forderte die Unterstützung von seinem Freund Andrej an, der relativ gut Deutsch lesen konnte. Mit vereinten Kräften konnte Georgis Firma dann doch innerhalb von ein paar Stunden gegründet werden. Diesen Erfolg feierten die beiden bis in die Morgenstunden.

Georgi erschien am nächsten Tag nicht zur Arbeit, weil er unglaubliche Kopfschmerzen hatte. Er wurde gefeuert. Es schien also nur relativ kurz so, als ob Georgi durch seine kreative Lösung der Scheinfirmengründung seinen Job behalten könnte. Als ich Georgi das letzte Mal gesehen habe, sagte er zu mir: „Durch meine Firmengründung hab ich gelernt, dass ich weniger trinken soll.“ Er hat natürlich recht. Jetzt hat Georgi eine neue Arbeit und dementsprechend eine neue Firma gegründet. Wenn ich mich so umsehe, ist fast jeder Bulgare, den ich kenne, ein stolzer Gewerbebesitzer. Vielleicht sollte ich auch eine Firma gründen.

Fürchte dich Wien, meine Oma kommt!

Meine Oma ist eine Weltenbummlerin. Sie hat eine Liste mit Ländern, die sie besuchen will und fleißig abarbeitet. Jedes Mal, wenn sie auf Reisen geht, befürchten meine Eltern in Sofia einen ernsthaften diplomatischen Skandal zwischen Bulgarien und dem jeweiligen Land.

Als meine Großmutter in Berlin war, fuhr sie so lange mit einer einzigen Buslinie, dass der Fahrer glaubte, sie sei eine Terroristin, die gerade einen Anschlag plant. Er stand auf und kontrollierte ihren Fahrschein. Sie hatte aber eine Monatskarte und der Fahrer konnte nichts mehr sagen. Meine Oma wollte keinen Anschlag planen, sondern nur ein bisschen in den Plattenbausiedlungen auf und ab fahren, die sie an ihre eigene Heimat erinnerten und sie in der hektischen Großstadt ein bisschen zur Ruhe kommen ließen.

Auch in Istanbul hatte man mit meiner Oma nicht mehr Freude. Auf dem Bazar verhandelte sie so lange mit den Händlern, dass sie sich irgendwann nur mehr die Haare rauften. Um das im Land des Feilschens zu schaffen, braucht man sehr viel Talent!

Es gibt sogar gewisse Reisebüros, die plötzlich vollkommen ausreserviert sind, wenn meine Oma etwas buchen will. Sie kennen die etwas mühsame Dame schon, die es schafft, dass ganze Busse machen müssen, was sie sich in den Kopf gesetzt hat. So musste einmal eine ganze fünfzigköpfige Gruppe einen eintägigen Ausflug zum Arzt machen und meine Oma begleiten, die sich einbildete, sie hätte einen geschwollenen Fuß.

Wie meine Oma Städte bewertet, ist auch interessant: Sie benotet sie nach ihrer „Dreckigkeit“. Hauptkriterium in ihrem Wertesystem ist, ob sich die Leute die Schuhe putzen oder nicht. Jene Städte, wo man öfters Sandalen trägt, haben schon verloren. Venedig steht darum in ihrer Liste der schrecklichen Städte ganz oben! Meine Oma interessiert sich nicht für historische Gebäude und Museen. „Es ist mir egal, an was für einem Tisch Napoleon gesessen hat, ich will sehen, wo die Franzosen heute sitzen!“, sagt meine Oma. Sie starrt darum in Paris jedem ganz ungeniert auf Tisch und Teller, als ob sie den Gästen gleich die Froschschenkel klauen möchte. In Wirklichkeit ist sie einfach nur ein neugieriger Mensch.

In Moskau fühlte sich meine Oma ganz gut, bis sie feststellte, dass die Minibar im Hotel zugesperrt war. Sie verlangte vom Hotelpersonal, dass sie die Minibar sofort wieder aufsperren. Das Zimmermädchen tat, was ihr befohlen. „Sie können die Minibar wieder zusperren“, sagte meine Oma danach, „Jetzt weiß ich, was drinsteht!“

Meine Oma plant zu Weihnachten eine Reise nach Wien. Ich plane, zur gleichen Zeit in Sofia zu sein. Mein Bruder auch. Wenn ihr in der U6 eine ältere Dame seht, die ganz vorsichtig auf ihre Schuhe schaut, dann nehmt euch in Acht! Ihr seid schon auf der Liste!

Das Mädchen im Flugzeug

Ich fliege selten von Wien nach Sofia oder umgekehrt. Nein, ich habe keine Flugangst. Ich bin nur so desorganisiert, dass ich die Tickets nie so früh buche, dass ich sie mir leisten kann.

Meistens quäle ich mich vierzehn Stunden lang im überfüllten Bus mit Leuten, die entweder so arm sind wie ich oder etwas zu verstecken haben.

Neulich hatte meine Mutter zwei Flugtickets für mich gebucht. Ich erreichte Sofia in einer Stunde. Ich ließ mich zuerst von meinen Eltern bestaunen und danach aufgrund meines mangelnden beruflichen und finanziellen Fortschritts anschreien. Ich traf mich mit allen meinen Freunden und wurde auf jede mögliche Party, die es in Sofia so gab, mitgenommen. „Es war schön, aber ich freue mich, dass es endlich vorbei ist", dachte ich mir, während ich auf meinem Rückflug nach Wien wartete.

Noch vierzig Minuten bis zum Abflug. Das nagelneue Terminal des Sofioter Flughafen war fast menschenleer. Mein Flug war der letzte für diesen Abend. Die müden Kellnerinnen im einzigen Café in der Wartehalle vor den Boarding-Gates beschäftigten sich mit letzten Reinigungsarbeiten vor dem Feierabend. „Passagiere nach Wien, bitte zum Gate kommen", erklang es plötzlich in der Wartehalle. Die freundliche Frauenstimme brachte mich aus meiner Rückblenden-Trance, in der ich immer noch meine Eltern predigen hörte, dass die meisten Menschen in meinem Alter schon Millionäre seien. Ich machte mich auf dem Weg zum Flieger.

Ich setzte mich ans Fenster. Neben mir nahm ein wohl gleichaltriges Mädchen Platz. Zuerst sah sie wie verzaubert auf ihr iPhone-Display und bemerkte mich kaum. Erst nachdem wir über Belgrad flogen, verließ sie die Welt von Steve Jobs und schaute mich an. „Hallo, ich heiße Sarah", sagte sie auf Deutsch. „Ich bin Todor." „Ah, du bist Bulgare, für Bulgaren heiße ich Petja", sagte sie noch mal auf Bulgarisch und kicherte leise. Sie fragte mich nach meinem Beruf. Ich erzählte ihr, dass ich Geschichten schreibe, um irgendwie über die Runden zu kommen. „Meine Familie glaubt ich bin Kellnerin", erzählte sie, „Ich bin aber Prostituierte in Salzburg. Ich glaube sie vermuten es schon, aber wenn ich ihnen solche Geschenke mache", sie zeigte auf ihr Handy, „dann fragen sie nicht weiter."

Ich wusste nicht, was ich nach dieser Offenbarung sagen sollte. Petja oder Sarah zeigte mir ihren linken Arm. Dort war der Name „Stantcho" mit gotischer Schrift tätowiert. „Das ist der Name von meinem Freund", sagte sie. „Wohnt er mit dir in Salzburg?", fragte ich. „Nein, er ist in Burgas und kümmert sich um unser Kind", sagte die junge Frau ohne sich traurig anzuhören. „Ihm geht es gut, ich habe ja viel gearbeitet und ihm einen BMW geschenkt."

„Stancho muss glücklich sein, so eine Freundin wie dich zu haben", sagte ich, „willst du nicht bei ihm und deinem Kind sein?" – „Ja, irgendwann, aber ich muss erstmals noch eine Weile arbeiten, bis wir uns ein größeres Haus kaufen können. Dann werden alle neidisch auf uns sein."

Während sie mir über Stancho und ihr zukünftiges Haus erzählte, sahen wir schon die Lichter von Schwechat. Unser Flieger bereitete sich auf die Landung vor. Am Flughafen wurde meine neue Bekannte von einem Mann in einem blauen Trainingsanzug der italienischen Fußballnationalmannschaft abgeholt. Bevor sie sich in einem großen Auto setzten, drehte sich Sarah/Petja um und lächelte mich an. Ich lächelte zurück und machte mich auf dem Weg zur S-Bahn Station.

In meinem Kopf klang die Stimme meiner Mutter: „So ein Taugenichts bist du! Deine Altersgenossen fahren BMW, du wirst lebenslang an der Bushaltestelle warten!" Was sollte ich ihr erklären?

John, du gehst uns nicht mehr an!

Der 8. Dezember 1986. Eine Gruppe von Schülern schreibt zur Ehre des sechs Jahre zuvor ermordeten Beatles Frontmanns „John, wir lieben dich!" an die Wand des Notargebäudes im Zentrum von Sofia. Die damaligen Mächtigen finden das gar nicht gut. Die Schüler werden wegen „westlicher ideologischer Subversion“ verhaftet und fliegen von der Schule. Die Ehrung von Lennon wird als ein Protest gegen das totalitäre System verstanden. Einige wenige Journalisten und Intellektuelle trauen sich, die Seite der Verhafteten einzunehmen. Zwischen ’86 und ’88 werden die Sammlungen vor der „Lennon Wand“ in Sofia zu den ersten mehr oder weniger organisierten Protesten gegen den Kommunismus. Einige von den verhafteten Schülern werden 1989 als Studenten die Anführer der Protestbewegungen, die das System in Bulgarien zu Fall bringen.

Der 8. Dezember 2011. Die bulgarischen Studenten bereiten sich für den offiziellen Studentenfeiertag des Landes vor. Dass das der Feiertag vom Hl. Kliment Ohridski – dem Schutzpatron der Sofioter Universität und Erfinder der kyrillischen Schrift ist – wissen die wenigsten. Es ist ein Tag zum Abfeiern! Hotels in schicken Winterkurorten wie Bansko und Pamporovo werden reserviert. Die Diskos in Sofia und anderen großen Städten sind dann wieder bis zur Decke voll. Auf jedem Tisch stehen eine Flasche Whiskey und Energy Drinks, die als Statussymbol verstanden werden. Die Mädchen sind stark geschminkt, die Burschen tragen enge T-Shirts mit der Aufschrift „De Puta Madre – Narcotraficanta“, oder etwas Ähnliches. Die jungen Leute tanzen zu fröhlicher Popfolkmusik, als ob es kein Morgen gäbe. Neulich fragte ich eine junge bulgarische Studentin in Wien, was sie von den Beatles halte. „Ich interessiere mich nicht für Fußball“, war ihre Antwort.

Zweiundzwanzig Jahre nach der Wende hat es die politische Klasse geschafft, die Studenten vom progressivsten Stand der Gesellschaft in konsumgeile und hirnlose Wesen zu verwandeln. Während sie früher wesentlich zum Sturz des Systems beigetragen haben, interessieren sich die meisten heute mehr für ihre iPhone oder ihr neues Auto. Ich kann mich an eine Studentenvertretungswahlkampagne der Sofioter Uni erinnern. Es gab ein einziges Plakat: „Es interressiert dich sowieso nicht, deshalb gib deine Stimme an Ljubo." Letztes Jahr haben die Einsparungen der Regierung den Bildungssektor stark getroffen: Einige der „unwichtigeren" Unis, wie die Film- und Theater-, sowie die Kunstakademie, mussten für die Wintermonate zusperren, wegen des fehlenden Geldes zum Heizen. Für das eingeplante Budget für 2012 erhält der Bildungssektor in Bulgarien wieder fünf Mal weniger Geld als das Innenministerium. Die, die ins Ausland studieren gegangen sind, feiern auch, obwohl das kein Feiertag für die hiesigen Unis ist. In Wien wird jedes Jahr eine Party in einem schicken barocken Palais veranstaltet. „Für alle aus Plovdiv, Varna und Tarnowo, heute sollt ihr vergessen, dass ihr in Österreich seid", schreit der DJ ins Mikrofon wie bei einer Hochzeit.

Ich gehe heuer nicht zur Party. Ich bleibe zu Hause und höre den Song der Band Wickeda: „Wie waren gestern Schulter an Schulter im Schutzgraben, heute sitzen wir Büro an Büro. Und am 8. Dezember verschwendet niemand seine Nerven an Lennon."

Der Schnapsexperte

Der Schotte hat seinen Whiskey, der Franzose seinen Wein, der Russe seinen Wodka und der Österreicher seinen Almdudler. Wir, die Balkanesen, haben unseren Rakija.

Ich weiß nicht, in welchem Balkanland dieser hochprozentige Schnaps zuerst gebrannt wurde. Auf jeden Fall kam der Rakija im 16. Jahrhundert durch die als nicht so große Alkoholliebhaber bekannten Osmanen auf den Balkan. Das Wort „Rakija" stammt aus dem Arabischen „Arak", woraus sich auch der Name vom türkischen Nationalgetränk „Raki" ableitet. Im Gegensatz zu den Türken und den Griechen aber, verwenden die südslawischen Völker nicht so gerne Anis, um ihren Schnaps zu verfeinern.

Egal ob aus Zwetschken, Trauben, Marillen, Birnen oder Äpfeln – Rakija kann man aus allen möglichen Früchten brennen. Mitte der Neunzigerjahre wurden in Bulgarien Orangen als Entwicklungshilfe verteilt und einige Bezirke wurden berühmt mit ihrem außerordentlich guten Orangenrakija.

„Man kann Rakija aus einem Sessel machen", meinte mein Onkel, „man braucht nur genug Zucker." In fast jeder Familie auf dem Balkan gibt es einen Opa oder einen Onkel, der ein großer Spezialist in Sachen Schnapsbrennerei ist. Mein Onkel Ilko produziert jedes Jahr Hunderte von Litern aus dem Zeug. Gebrannt wird der Rakija im Keller seines Freundes Pantscho in einem ehemaligen Boiler, der als Destillationsanlage dient. Solche „Brennereien" soll es mehr als neuntausend in Bulgarien geben. Vor dem EU-Beitritt meines Heimatlandes war die größte Angst der Bevölkerung, dass man neben der Kuttelflecksuppe das Brennen von hausgemachtem Alkohol verbieten werde, was Gott sei Dank nicht passierte. Sonst hätte man mit einem Aufstand rechnen müssen.

Eine Flasche Industrierakija aus dem Supermarkt hat normalerweise um die vierzig Prozent Alkoholgehalt. Ein echter Schnapsbrenner wie mein Onkel Ilko meint, dass guter Rakija nicht weniger als fünfzig Prozent beinhalten soll. Jedes Mal, wenn mein Onkel Gäste aus dem Ausland bewirtet, werden sie einem kleinen Test unterzogen. Sie müssen einen „kleinen" Rakija von 5cl trinken, ohne das Gesicht zu verzerren. Falls der Gast den Test übersteht, ist er immer wieder willkommen. Falls er aber beim Trinken auch nur eine Miene verzieht, wird er als eine nicht vertrauenswürdige Person eingestuft und darf nie wieder mit meinen Verwandten an einem Tisch sitzen.

Meine Freundin Tanja aus Österreich, die mich diesen Sommer in Bulgarien besuchte, hat den Test gut bestanden. Sie bekam sogar als kleines Geschenk eine kleine Flasche vom besonderen Marillenschnaps meines Onkels. Neulich besuchte ich Tanja in Wien. Sie veranstaltete eine kleine Geburtstagsparty. Nach dem köstlichen Abendessen stellte Tanja die Flasche meines Onkels auf den Tisch. Sie hatte sie tatsächlich mehr als einen Monat bei sich zu Hause gehabt – in meiner Wohnung verschwindet Alkohol auf wundersame Weise innerhalb weniger Stunden. Das Fläschchen machte die Runde unter Tanjas Gästen. Jeder roch daran und einige wenige trauten sich sogar einen Schluck zu nehmen.

Irgendwann erreichte der Marillenrakija auch mich. Ich goss mir einen „kleinen", also 5cl in mein Glas ein. Ich trank meinen Rakija genüsslich in kleinen Schlucken und alle starrten mich an. Plötzlich kam Bewegung in den Raum. Die Mitbewohner von Tanja standen auf und verschwanden in ihren Zimmern. Jeder kam zurück mit einer Flasche in der Hand. „Und was hältst du von diesem Rakija?", fragten sie mich. „Ich hab die Flasche in Serbien/Rumänien/Kroatien/Mazedonien gekauft." Ich gab zu jeder Sorte meine Expertenmeinung, die immer weniger überzeugend wirkte, da ich nach dem vierten „kleinen" kaum mehr gerade sitzen konnte.

Normalerweise, wenn die Balkanesen aus verschiedenen Ländern zusammenkommen, beginnen sie zu streiten, wer den besten Ćevapi oder wer den besten Börek machen kann und natürlich wer den besten Schnaps brennen kann. Natürlich können wir Bulgaren den besten Schnaps brennen. „Der Schnaps meines Onkels ist der beste, den ich kenne", sagte ich mit der größten Überzeugungskraft, zu der ich fähig war. Und heimlich dachte ich: Es wäre viel besser für mich gewesen, wenn wir, die Balkanesen, mit dem Ayran als unser Regionalgetränk prahlen würden. Besonders am nächsten Morgen.

Lost

Man kann im Internet verloren gehen. So was Ähnliches beschreibt Daniel Kehlmann in seinem Roman „Ruhm". Die echte Persönlichkeit verschmilzt mit dem Nicknamen und das „Ich" verschwindet in der Namenlosigkeit. So vergisst man langsam, wer man „in Wirklichkeit" ist. Man kann auch in einer Sprache verloren gehen. So wie im „Lost in Translation". Aber wenn man eine so schöne Frau wie Scarlett Johnason trifft, ist es auch völlig in Ordnung die Sprache und den Verstand zu verlieren. Fragt Woody Allen! Manchmal verschwindet die Persönlichkeit auch, wenn man den Ausweis verliert.

Meine Persönlichkeit ist neulich in den Wiener Linien verloren gegangen. Ich meine das jetzt gar nicht wörtlich: Es ist nicht so, dass ich den Ausgang nicht finden konnte und eine Nacht in der U-Bahn-Station verbringen musste. Meine Identität ging spazieren: Während ich gemütlich in meinem Haus in Sofia saß, wurde mein Freund Anton ohne Fahrschein in der Wiener U-Bahn erwischt. Er geriet in Panik. Der Kontrolleur fragte nach seinem Namen. „Todor Ovtcharov", sagte mein Freund, ohne groß an die Folgen zu denken. Anton hörte sich ziemlich vertrauenswürdig an und der Schwarzkappler kaufte ihm die Geschichte sofort ab.

Einige Wochen später bekam ich in meiner Wiener Wohnung aus heiterem Himmel den Brief mit der Strafe. Ich las ihn und wusste nicht, wo ich bin, wer ich bin und warum überhaupt bin ich. Konnte ich gleichzeitig in Wien und Sofia sein? Und dazu noch ohne Fahrschein ...

Ich fuhr zur Zentrale der Wiener Linien und schaffte es, mit meinem Ausweis und meinem Busticket aus Sofia meine Strafe zu stornieren. Um weitere Missverständnisse zu vermeiden, deklariere ich: Ich bin über die Weihnachtsfeiertage weg und wenn euch einer sagt, dass er Todor Ovtcharov ist, dann glaubt ihm nicht.

Die Sauerkrautzone

Es war Dezember. Die Saison des Sauerkrautes – zumindest für meine Eltern. Manche würden sagen, es sei Punschsaison, aber darüber lässt sich streiten.

Ehrlich gesagt, verstehe ich gar nichts von Sauerkraut. Ich habe mal meinen Opa bei der Zubereitung beobachtet. Für mich war es ein sinnloser Prozess. Etwas, das zu viel Zeit, Mühe und Geld verschluckt. Als ich klein war, ging ich immer mit meinem Opa auf den Sofioter Frauenmarkt. Nein, Frauen wurden hier nie verkauft. Aber Einkaufen wurde früher als eine Frauensache betrachtet. Das ist aber lange her, ich ging mit meinem Opa einkaufen. Er suchte langwierig den Kohl aus. Alle Kohlköpfe sollten gleich groß, hart und gesund sein. Danach verhandelte er lang mit den Verkäufern um den Preis, währenddessen fror und langweilte ich mich.

Mein Opa nahm das Kraut mit ins Badezimmer und reinigte es von überflüssigen Blättern, die ich dann in die Mülltonne schmeißen musste. Wenn die Kohlköpfe fertig waren, nahm sie mein Opa und steckte sie in ein großes Fass im Keller.

„Das Sauerkrautmachen ist keine einfache Sache", sagte mein Opa, „es ist nicht so leicht, wie eine Bohnensuppe zu kochen. Man muss täglich den Krautsaft ausfließen lassen, um das Kraut dann wieder damit zu begießen. Da brauchst du viel Geduld. Wenn du die Geduld hast, dann wirst du alle Hindernisse in deinem Leben meistern können", erzählte mir mein Opa weise. Währenddessen flüsterten sich meine Eltern zu, dass er dem Sauerkraut deswegen so viel Aufmerksamkeit schenkt, um nicht die ganze Zeit mit meiner Oma verbringen zu müssen, aber das ist ein anderes Thema.

Wie ich euch schon erzählt habe, hat mich die Krautphilosophie meines Opas kalt gelassen. Deshalb fand ich es befreiend, in Wien der Sauerkrauttradition den Rücken zuzukehren. Hier ist ja im Dezember Gott sei Dank Punschsaison.

Neulich war ich aber bei serbischen Freunden zu Gast und es gab Sauerkraut aus dem Ofen. Am nächsten Tag rief mich eine Freundin aus Sofia an, um mich zu bitten, ihr beim Abtransport eines Krautfasses vom Korridor ihrer Wiener Wohnung zu helfen.

Es hatte zu sehr gestunken und die österreichischen Nachbarn beklagten sich. Warum sie sich nicht einfach fertiges Kraut kaufen würde, habe ich sie gefragt. In den türkischen Läden gibt es davon genügend. Warum sie sich die Arbeit überhaupt antue. Wir sind nicht mehr auf dem Balkan! „Das hausgemachte Sauerkraut schmeckt besser!", entgegnete sie mit eiserner Überzeugung. Danach rief mich meine Oma aus Bulgarien an. „Wenn du Weihnachten da bist, dann gibt es so gutes Sauerkraut-Sarma für dich. Dein Opa hat wieder Sauerkraut gemacht und es ist herrlich geworden."

Und eigentlich mag ich kein Sauerkraut. Meine Mutter sagte mir neulich: „Die Eurozone mag zu Bruch gehen, die Zone des Balkansauerkrautes bleibt aber ewig!" Sie sagte außerdem, dass ich nie wirklich ein eigenständiger Mensch sein werde, wenn ich mir nie selbst gemachtes Sauerkraut eingelegt habe. Vielleicht sollte ich es wirklich mal probieren.

Die dunkle Wohnung

Im dunklen Türrahmen stand der Vermieter. Er wollte die Miete haben. Für die dunkelste Wohnung, in der ich je gewohnt habe. Sie befand sich im schönen 7. Wiener Gemeindebezirk, in einem Haus, das gebaut wurde, als Franz Josef noch ein junger Bursche war. Früher war meine Wohnung ein Lager- oder Portierraum. Das letzte Mal, dass die Sonne mein Zimmer durchgedrungen hat, war im Jahr 1879. Warum ich mir da so sicher bin? Damals wurde das Gebäude nebenan gebaut, das sich ein Meter achtzig von meinem Fenster entfernt befindet.

Unser Vermieter, er kam aus Bangladesch und hatte eine Pizzeria im gleichen Haus. Wenn ihr euch eine Pizzeria vorstellt, dann glaubt ihr sicher, dass aus ihr ein saftiger, gesunder Duft strömt. Teig, Tomaten und Käse. So riecht es, wenn ihr das Gesicht der Pizzeria zu sehen bekommt. Unsere Wohnung befand sich aber am Arsch der Pizzeria und so roch sie auch.

Der Vermieter stand also vor der Tür. „Geld schuldest viel. Stoyan. Euro. Große Schulden." Ich versuchte, ihm zu erklären, dass ich alles immer pünktlich bezahlt hatte. Der Vermieter schaute mich misstrauisch an. Ich vermutete, dass er mich nicht verstand und wiederholte alles nochmal langsam und betonte alle Silben deutlich. Ich weiß nicht warum, aber die Leute halten sich für leicht verständlich und erfüllt von Autorität wenn sie so sprechen. In Wirklichkeit sind sie aber nur lächerlich.

Während ich mich so blamierte, verstand ich, was er mir sagen wollte. Er hatte meinen Mitbewohner erwähnt. Stoyan. Stoyan studierte am Wiener Konservatorium. Außerdem arbeitete er in der Pizzeria des Vermieters. Er brachte die Pizzen mit seinem grünen „Peugeot 106" zu den Leuten nach Hause. Diese Wohnung hatte er gefunden und ich gab ihm die Miete immer pünktlich in die Hand, damit er sie seinen Chef übergab.

Vor zehn Tagen verschwand Stoyan. Der offizielle Grund war, dass sein Auto kaputtgegangen war und er nach Bulgarien musste, um es reparieren zu lassen. Erst jetzt viel mir auf, dass er seine ganze Sachen mitgenommen hatte. Alles, was er dagelassen hatte, war ein Stapel mit Parkstrafen. Auch jetzt erst verstand ich, warum ich nie einen Beleg darüber bekam, dass er die Miete tatsächlich bezahlte.

Am Anfang des Monats kam er immer mit einem neuen Pullover oder er stopfte den Kühlschrank mit teuren Lebensmitteln voll. Manchmal kaufte er sogar Sushi für uns beide. Und das immer am Anfang des Monats, unmittelbar nachdem ich ihm das Geld für die Miete übergeben hatte.

Das konnte ich meinem Vermieter jetzt nicht erklären. Er wollte nicht nur meine Miete, er wollte auch die von Stoyan. Jetzt begriff ich die Schuldenkrise in Europa. Ich hatte alles immer pünktlich bezahlt, aber war am Ende Geld schuldig geblieben. Und das nicht nur für mich, sondern auch für den, der bisher mit meinem Geld schön gelebt hatte. Die Länder außerhalb Europas müssen Verständnis zeigen, um die Schuldenkrise zu überwinden. China macht mit. Bangladesch soll auch seinen Beitrag für die Lösung des Problems leisten!

Der Akzent des Ostbanditen

Meine Freundin Irina war stets erleichtert wenn sie nach Hause kam. In den vier Wänden ihrer kleinen Wohnung in Wien Ottakring durfte sie endlich mit ihrem zehnjährigen Sohn Alexander reden. Vor der Schule hatte er ihr ausdrücklich verboten mit ihm in Bulgarisch oder gar in ihrem gebrochenem Balkandeutsch zu sprechen. Die anderen Kinder lachten seine Mutter für ihren Akzent aus. Um nicht wegen seiner „komisch"-sprechende Mutter verspottet zu werden, dachte sich Alex sogar eine Geschichte aus. Er erzählte seinen Mitschülern, dass Irina ursprünglich aus Österreich kam, in jungen Jahren aber von bösen Terroristen in ein gefährliches Ostland entführt wurde. Dort verlernte sie Deutsch, um sich mit ihren Entführern besser zu verständigen. Dank ihrer großen Tapferkeit hatte sie die Ostbanditen überwältigen können und war wieder auf wundersame Weise nach Österreich entkommen. „Coole Geschichte, nicht wahr?", lachte Irina. „Mein kleiner R. L. Stevenson!", sagte sie und streichelte Alex über die Haare. „Die ganze Geschichte ist allerdings bescheuert. Ich will mit meinem Kind reden wann ich will. Ganz egal, ob auf Deutsch, Bulgarisch oder Arabisch. Und er soll sich nicht dafür schämen."

Mein Freund Otto erzählte mir neulich, dass sich seine Eltern in einem Dorf in der Steiermark ein Metallgitter an die Haustür gebaut haben, nur weil sie mitbekommen haben, dass im Nachbardorf jetzt ein Schwarzer lebt. Laut einer neuen europaweiten Studie belegt Österreich die erste Stelle in der Ablehnung gegenüber Migranten. In keinem anderen Land wünschen sich weniger Menschen einen Ausländer als Nachbar. Die Österreicher wollen anscheinend ein Gitter an die Haustür bauen, das sie vor Ostbanditen, komischen Akzenten und allen, die „anders" sind, beschützt.

In einem seiner seltenen Interviews erzählte der Künstler Christo, weltbekannt geworden durch die Verpackung des Reichstags in Berlin, warum er in New York lebt. Christo wurde 1935 als Hristo Jawaschew im bulgarischen Gabrovo geboren. Mitte der 1950er Jahre flüchtete er durch den „Eisernen Vorhang" nach Wien und studierte ein Semester an der Akademie der Bildende Künste. Danach kam er über Genf nach Paris, wo er die zweite Hälfte des späteren Künstlerduos Jeanne-Claude kennenlernte. Nachdem sie sich in Europa einen Namen gemacht hatten, gingen Christo und Jeanne-Claude nach Amerika. „Ich lebe in New York, weil ich immer ein Problem mit Sprachen hatte", sagt Christo. „In Deutschland, Österreich oder Frankreich haben die Menschen sofort weniger Vertrauen zu dir wenn du ihre Sprache nicht perfekt sprichst. Sie empfinden dich als ‚anders' und das steht dir auf der Stirn geschrieben. In New York spricht jeder gebrochen Englisch. Und er zieht sogar Profit daraus."

Gestern hat mich Irina angerufen. Sie darf wieder Bulgarisch mit ihrem Sohn vor der Schule sprechen. Alex hat irgendwo gelesen, dass die Migranten in Ottakring schon mehr als die anderen sind. „Jetzt erzähle ich allen, dass mein Vater Ostbandit ist!“

Der schlafende Schutzengel

Ich liebe es, zu schlafen. Wenn ich die Möglichkeit habe, auszuschlafen, dann tue ich das. „Du verschläfst dein Leben!“, sagte meine Mutter ständig zu mir. Sie hatte natürlich recht, aber ich versuchte trotzdem mein Hobby zu verteidigen: „Es ist nicht wichtig, wie lange man schläft, sondern wann man aufwacht!“ Und dann erzählte ich ihr von meinem Freund Bobara.

Bobaras bürgerlicher Name ist Christian Mohammed und er gehört trotz – oder vielleicht genau wegen – seines widersprüchlichen Namens keiner Religion an.

Er ist der fünfte Sohn einer Bulgarin und eines Irakers und ein gewöhnlicher Sofioter Skater. Die Wirtschaftskrise hat Bobar dazu getrieben, seinen geliebten Skatepark in Sofia zu verlassen. Bewaffnet mit drei deutschen Wörtern, fand er sich vor einem Jahr auf dem Wiener Flughafen wieder. Seitdem versucht er mit geringem Erfolg die Sprache von Elfriede Jelinek zu erlernen und nebenbei etwas zu arbeiten, damit er Geld nach Hause schicken kann. Das, was Bobara aber am meisten macht, ist in öffentlichen Verkehrsmitteln einzuschlafen.

Egal ob in der Bim, Bus oder in der U-Bahn – mein Freund Bobara hat die Eigenschaft so tief und fest im Sitzen einzuschlafen, dass ihn nichts wecken kann. Die U-Bahn dreht ihre Runden durch Wien und er schläft und schläft wie ein Baby. Seine schlafenden Spaziergänge in Wien sind legendär unter meinen Freunden. Einmal stieg er in die Straßenbahn, schlief ein und wachte in einem unbekannten Teil Wiens auf. Danach stieg er in einen Bus um, in dem er wieder eingeschlafen ist. Einige Stunden später und fünf Umstiege weiter, kam er genau da an, wo seine Reise begonnen hatte, ohne genau zu wissen, wie das ging.

„Und was soll das heißen?", fragte meine Mutter. „Einer der in der U-Bahn schläft, was ist daran zu loben? Und er schläft sicher ein, weil er besoffen ist." Das ist aber nicht die ganze Geschichte von Bobara. Bobara weiß immer, wann er aufwachen soll. Auf magische Weise erwacht er aus seinem tiefen Schlaf, immer kurz bevor etwas Schreckliches passiert.

Ein junges Paar war gerade dabei, einen heftigen Streit in der U-Bahn auszutragen. Genau in dem Moment öffnete Bobara, der dem jungen Paar gegenüber saß, seine Augen. Während er sich fragte, wo er diesmal hingeraten sei, war das Mädchen gerade dabei, ihren Freund heftig anzuschreien. Als sie ihn ohrfeigen wollte, reagierte mein gerade aufgewachter Freund schneller. Er fing ihre Hand und legte sie sanft auf das Knie des Jungen. Die beiden schauten ihn voller Verwunderung an, Bobara hingegen lächelte und zeigte seine großen Vorderzähne. Das zerstrittene Paar lächelte zurück. Bobara stieg aus.

Schutzengel können dort sein, wo wir sie am wenigsten erwarten. „Was hat das aber mit dir zu tun?", wollte meine Mutter wissen. „Du schläfst nur zu Hause und hast noch nie jemanden gerettet." „Ja, aber stell dir vor, dass ich irgendwann Mal auch im richtigen Moment aufwache!" Meine Mutter konnte sich nicht vorstellen, dass mir das jemals passiert. Und ihr? Glaubt ihr, dass ich mal ein Schutzengel genau wie Bobara werden kann?

Bad Lieutenant & Dirty Harry

Unsere kleine Wohngemeinschaft hatte wieder einmal chronische Geldnot. Das passierte uns regelmäßig – irgendwie ist das Geld ständig „weg". Wenn wir völlig pleite sind, dann zapfen wir das „harte Kapital" an. Das „harte Kapital“ bedeutete, das in Form von Bierflaschen in Tagen des Wohlstands in einem Kücheneck vermehrte Flaschenmeer. Zwanzig Stück reichten meistens für ein Spaghetti-Ketchup-Festmahl. Wenn das „harte Kapital“ aufgebraucht war, dann muss man sich einen Job suchen. „Die Mühlen in Österreich mahlen sehr langsam, Herr Ovtcharov“, bekam ich als Antwort in einem Hotel, als ich mich wieder in einer solchen Notsituation als Nachtportier beworben hatte. Es ist sauschwer, ohne Arbeitserlaubnis einen Job zu finden. Bis 2014, falls die EU bis dahin nicht zerfällt, ist der Arbeitsmarkt für Bulgaren und Rumänen gesperrt.

Weil wir uns auf die Europäische Union nicht verlassen können, fand mein werter Mitbewohner G. dieses Mal die Rettung für uns beide. „Das ist eine Security-Firma, die nehmen dort wirklich jeden!“, meinte er. Ich kann den Enthusiasmus von G. nicht teilen. G. und ich als Security-Leute? G. ist ein Meter siebzig, rothaarig, sommersprossig, siebzig Kilo mit nassen Klamotten außerdem schreibt er Gedichte und hört gerne Bach. Mich würde ich auch nicht unbedingt als eine Kampfmaschine bezeichnen. Ich glaube aus jedem Kampf, in den ich je in meinem Leben verwickelt war, ging ich immer als der Geschlagene hervor. „Wir sind harte Balkanesen, Alter!“, sagte G. und versuchte mich böse anzuschauen, „außerdem kriegen wir eine gründliche Schulung. Wir zeigen's denen!“

Was soll's, wir hatten nichts zu verlieren. Ich glaube, ich habe schon jeden Job gemacht. Security fehlte noch auf meiner Liste. Vor der Schulung, die uns zu angsteinflößenden Securitys erziehen sollte, schauten G. und ich Filme wie „Bad Lieutenant“ mit Harvey Keitel und alle Teile der „Dirty Harry“-Reihe mit Clint Eastwood. Die ganze Nacht träumte ich, wie ich als „Bad Security“ für Gerechtigkeit in Wien sorgte. Gekommen vom „wilden Osten“, wie Clint Eastwood vom „wilden Westen“, würde ich es allen Bösen zeigen.

Am nächsten Tag betraten G. und ich das Gebäude, wo unsere Schulung zum Security stattfinden sollte. Anstatt der Kampfarena, die wir erwartet hatten, nahmen wir in einem gewöhnlichen Klassenzimmer Platz. „Melden, melden, melden! Das ist das Motto von jedem Angestellten unserer Firma", sagte der freundliche und lächelnde Ausbilder. Wir werden also doch nicht zu Kampfmaschinen ausgebildet. Kein „Bad Lieutenant", kein „Dirty Harry". G. und ich schauten uns enttäuscht vier Stunden lang Powerpoint-Präsentationen über Securitys an, die endlos Verbrecher bei den wirklichen „Dirty Harrys" meldeten. Wir wurden keine Security-Menschen. Am Ende des Vortrags erfuhren wir, dass man auch für diesen Job eine Arbeitserlaubnis benötigte. Die Schulung war umsonst. G. fing in einer Bar zu Kellnern an. Schwarz. Ich fand einen anderen Job und unser Ketchup-Spaghetti-Festmahl mit Bier war gesichert.

G. hat mir neulich erzählt, dass in naher Zukunft Raumschiffflüge für die Bevölkerung besser zugänglich sein werden. „Wir werden uns zu Kosmonauten ausbilden lassen, Alter!" Ob wir dafür eine Arbeitserlaubnis brauchen?

Liebe & Linguistik

„Wach auf! Genug geschlafen!", schrie M. und sprang auf mich, ohne Rücksicht auf meine noch blühenden Träume, in denen ich gerade eine Art Plattenbau New York von einer Bande blonder Terroristen befreite. Ich liebe diesen Halbschlaf, kurz vor dem Aufwachen, wo Realität und Traum so wundervoll verschmelzen. Ich musste mein Plattenbau New York verlassen – M., das Mädchen, das ich mochte, war mich in Wien besuchen gekommen. Im Gegensatz zu mir, der gerne ausschläft, stand sie jeden Tag um sieben auf und war für neue Heldentaten bereit. Ein langer Tag stand uns bevor.

Ich habe M. vor zwei Jahren im Nachtbus zwischen Burgas am Schwarzen Meer und Sofia kennengelernt. Bevor wir die Lichter von Bulgariens Hauptstadt am frühen Morgen erreicht hatten, waren wir ein Paar. Ich weiß bis heute nicht, was M. an mir in diesem viel zu schlecht klimatisierten Bus gefiel. Ich hatte viel zu lange nicht mehr geduscht und stank fürchterlich nach Sand, Salzwasser und billigem Gin. Außerdem redete ich unaufhörlich über neue russische Filme und alte deutsche Bücher. Ich hatte den Eindruck, dass mich M. nur küsste, damit ich endlich die Klappe hielt.

Vor zwei Monaten sagte M., dass sie mich in Wien besuchen würde. „Du stellst mir all deine österreichischen Freunde vor!", sagte sie. Was sollte ich nun machen? Wie sollte ich M. erklären, dass ich so lange diese deutsche Sprache gelernt hatte und trotzdem jetzt keiner mit mir sprechen wollte. Ich spreche hochdeutsch, so wie ich es an der deutschen Schule in Sofia gelernt habe. Ich habe zwei Jahre in Berlin gelebt, wo die Menschen wie im Lehrbuch deutsch sprechen. Deshalb dachte ich, dass ich keine Probleme mit der Kommunikation in Österreich haben würde.

In Wien aber habe ich zum ersten Mal erfahren, dass Wörter wie „Säckel", „fladern" und „Leinwand" existieren. Ich war eine Weile ratlos, wie ich mit dieser neuen Sprache zurechtkommen soll. Man hat mir gesagt, dass man Wienerisch am besten in der Kneipe und auf dem Markt lernt. Und ich wollte eigentlich auf die Uni. Da war es auch ziemlich kompliziert, da die Professoren, entweder Englisch oder ... Wienerisch sprachen. Die deutsche Sprache ist als Kommunikationsmittel für mich verschwunden. Allmählich dachte ich, dass die ganzen Jahre an der deutschen Schule umsonst waren. Umsonst war auch mein Sprachdiplom, das meine Beherrschung der deutschen Sprache auswies.

Als ich angefangen habe, diese Kolumnen zu schreiben, wurde ich noch dazu als der Mensch „mit Akzent" eingestuft. Egal, wie man das betrachtet, befinde ich mich noch weit weg von den Österreichern.

Meine liebe M., ich gebe mir viel Mühe. Ich sage nicht mehr „Mülleimer“, sondern „Mistkübel“. Ich sage nicht mehr „Bürgersteig“, sondern „Gehsteig“. Ich sage nicht „Gehen wir!“, sondern „Geh ma!“ Nur mit „Karfiol“ und „Blumenkohl“ habe ich nie Probleme gehabt, weil auf Bulgarisch Blumenkohl auch Karfiol heißt. Ich glaube ich bin schon fortgeschritten. Ich verspreche dir, dass wenn du das nächste Mal kommst, ich dir meine österreichischen Freunde vorstellen werde.

Eiermann

Ich habe immer noch nicht ganz begriffen, was genau der Osterhase macht. Ja, er bringt den Kindern die Ostereier und die Kinder sollen sie suchen, aber woher er die Eier nimmt und wo er während des Rests des Jahres steckt, bleibt mir ein Rätsel. Ich habe jetzt das Internet durchstöbert, um mir diese Geheimnisse aufklären zu lassen, aber selbst Wikipedia konnte nicht helfen.

Während hier Jesus Christus schon auferstanden ist, tut er es in diesem Jahr für die orthodoxen Christen erst in einer Woche. „Alles kommt zu uns mir einer Verspätung“, meinte mein Freund M. „Wir sind immer die letzten auf der Liste von Jesus. Weihnachtsmann, Osterhase und Madonna. Hauptsache, sie erreichen uns irgendwann doch.“ Mein Freund S. ist anderer Meinung. S. glaubt, dass die Katholiken Jesus einfach so schnell wie möglich kreuzigen wollten, „und wir lassen ihn noch eine Woche in Ruhe“.

Ehrlich gesagt, interessiert mich das nicht besonders. Früher oder später kommt Ostern und muss gefeiert werden. Wie gesagt ist der Abstand zwischen dem katholischen und dem orthodoxen Ostern heuer genau eine Woche. Da ich in Österreich bin und will, dass man mich als einen integrierten Menschen betrachtet, darf ich die hiesigen Traditionen nicht missachten. Ich habe Eier bis zum Platzen gegessen. Ich habe meine Probleme mit dem Osterhasen, aber, dass man Osterbrot mit Rosinen und Eiern isst, verstehe ich schon. So ehrte ich die Leiden Christi und war also nun sehr erfreut, dass er auferstanden war. Da ich aber nominell ein orthodoxer Christ bin, muss ich diese Woche noch einmal die gleiche Prozedur durchlaufen.

Am Donnerstag der orthodoxen Karwoche färben wir wieder Eier. Am Samstagabend gehen viele der Bulgaren, die in Wien leben, in die bulgarische Kirche. Die meisten tun es nicht, weil sie besonders gläubig sind, sondern um Bekannte zu treffen. Um dreiundzwanzig Uhr verkündet der Pope die Auferstehung Christi. Eigentlich soll das um Mitternacht passieren, aber Mitternacht ist in Griechenland und Bulgarien eine Stunde früher als in Wien. „Hristos voskresse", sagt er zur Gemeinde, was „Christus ist auferstanden" bedeutet. „Vo istina vosskresse", erwidern die Menschen und das soll „Im Namen der Wahrheit ist er auferstanden" heißen. Danach muss man drei Mal die Kirche umkreisen, eine Kerze vom Feuer des Popen anzünden und die leuchtende Kerze nach Hause mitbringen.

Wenn ihr nächste Samstagsnacht viele Menschen mit Kerzen in der Wiener U-Bahn seht, dann habt keine Angst, dass sie einen Brandanschlag planen. Am Sonntag schlagen wir unsere Ostereier gegeneinander. Der, dessen Ei am längsten aushält, wird der Stärkste im nächsten Jahr sein. Danach essen wir – Lammfleisch, süßes Osterbrot und Salat mit Eiern.

Meine Oma sagt, dass man an Ostern nicht arbeiten und den Ostertisch nicht wegräumen soll. Eigentlich mache ich es immer so, aber das nur unter uns – meine Oma darf es nicht erfahren, weil sie glaubt, dass ich im Ausland meine Gewohnheiten zum Guten verändert habe. Ich muss zugeben, es ist nicht leicht, integriert zu sein und gleichzeitig den Traditionen der Großmutter zu folgen. Um beides zu erfüllen, muss ich in diesen beiden Karwochen so viele Eier essen, dass ich bestimmt Probleme mit meinem Cholesterinwert haben werde. Um ein echter Eiermann zu werden, müsste man wohl Ironman sein. Nicht jedermanns Sache.

„In jedem Telefon – Mikrofon“

„Unter jedem Balkon – Mikrofon, in jedem Salon – Mikrofon, in jedem Telefon – Mikrofon“, diese vielleicht ein bisschen kindisch klingenden Strophen des bulgarischen Dissidentenlyrikers Radoj Ralin aus seinem Gedicht „Lichen Kontakt“ („Persönlicher Kontakt“) aus dem Jahr 1965 beschreiben das Leben meiner Eltern im realen Sozialismus am besten. In diesen Jahren bespitzelte jeder jeden. Bereitwillig traten die Menschen in den Überwachungsapparat der Staatssicherheit ein, um sich einen Karrieresprung zu ermöglichen oder weil das System sie erpresste. „Wir treffen uns persönlich, das ist nicht fürs Telefon“, sagen die Menschen in Bulgarien immer noch, wenn sie sich etwas Persönliches sagen wollen, mehr als zwanzig Jahre nach dem Fall des Kommunismus in Europa. Der Schatten der Staatssicherheit hängt immer noch über jedem sozialen Feld. Im bulgarischen Staatsbudget 2012 wurde für die Überwachung fast doppelt so viel Geld wie für die Akademie der Wissenschaften eingeplant.

Ich erzähle euch das im Bezug auf das umstrittene Vorratsdatenspeicherunggesetz in Österreich. Da ich keinen Bock habe, mich im 21. Jahrhundert so wie meine Eltern in den frühen 1980er Jahren zu fühlen und dem österreichischen Staat Geld und Mühe zu ersparen will, sage ich ihnen gleich und „ohne Prügel“ was der Staat in meinen „Vorratsdaten“ finden kann.

Im letzten Monat rief mich meine Mutter circa fünfundzwanzig Mal an. In unseren Gesprächen ging es meistens um meine immer noch schlechte finanzielle Lage und meinen mangelnden beruflichen Erfolg. „Als dein Opa sechsundzwanzig Jahre alt war, war er schon stellvertretender Direktor“ ist der am meisten verwendete Satz ihrerseits in diesen Telefonaten. Meinerseits folgt ein circa halbminütiges Schweigen, in dem ich überdenke, dass mein Opa mit fünfundsechzig immer noch stellvertretender Direktor der gleichen blöden Firma war.

Neben meiner Mutter ruft mich am häufigsten mein Freund V. an. Was V. meistens von mir wissen will, ist, ob ich weiß, wo es eine „dalavera“ gibt. Das ist ein schwer übersetzbares bulgarisches Wort. Liebe Überwacher, habt jetzt keine Angst! V. hat nicht die Absicht, einen terroristischen Anschlag zu verüben. Nach langem Überlegen glaube ich, dass sich „dalavera“ am besten mit dem deutschen Wort „Sonderangebot“ übersetzen lässt. V. erwartet von mir, dass ich einen Ort finde, wo wir gratis essen und trinken können und wenn ein paar Mädels dabei sind, ist er besonders erfreut.

Am dritthäufigsten ruft mich Eli an. Eli und ich haben eine besondere Verbindung, nachdem sie eines Tages ein Messer nach mir geworfen hatte. Dabei war ich nicht einmal das Ziel dieser Attacke, sondern ihr damaliger Freund Tom. In einem Moment großer Emotionen, wo einer von uns gehen sollte, entschied sich Eli radikal zu handeln und das Messer flog aus ihrer Hand. Zum Glück traf Eli nur einen Küchenschrank. Seit diesem Vorfall ruft sie mich fast jede Woche an, um zu erfahren, wie es mir geht.

Falls der liebe Staat meine E-Mails durchstöbern will, dann findet er eine Bewerbung für eine Nachtportierstelle, für zwei bis drei verschiedene Call Center und Cateringfirmen, eine als Fahrstuhl Operator im Donauturm und für weitere Jobs. Die Antwort auf die Bewerbungen ist immer ähnlich und endet stets mit dem freundlichen Satz „Wir wünschen Ihnen einen weiteren beruflichen Erfolg“. Also keine Angst, ich untergrabe den österreichischen Arbeitsmarkt nicht!

In meinen E-Mails findet man auch die – sich immer wiederholenden – Einladungen von Herrn Petrov, der mich auf sämtliche Podiumsdiskussionen zur Abstammung der Protobulgaren einlädt. Ich interessiere mich für die Abstammung der Protobulgaren genauso wenig wie für die Geschichte der Nasenprothese von Michael Jackson und bin noch nie zu einer Sitzung gegangen, aber Herr Petrov hört nicht auf, mich jeden Monat einzuladen. Lieber Herr Petrov, ich wünsche Ihnen viel Erfolg mit dem Finden von einem Protobulgaren in Afghanistan! Sagen sie ihm viele Grüße von mir.

Wäre ich jetzt an der Stelle des Staates, der die Korrespondenz von Todor Ovtcharov liest, dann würde ich wahrscheinlich sagen: Das ist ein leerer Mensch und wir haben keine Ahnung, was er auf diesem Planeten sucht. Was sind seine hohen Ziele und wenn er so weitermacht, wohin wird ihn das bringen? Und ich würde dann den Staat fragen: Haben sie nicht andere, wichtigere staatliche Aufgaben, als sich mit Menschen wie mir zu beschäftigen?

Romantik pur

Die Stille im Kinosaal wurde nur durch ein regelmäßiges Schluchzen unterbrochen. Der große Affe in Disneys Zeichentrickversion von Tarzan war gerade gestorben. Die Tränen flossen aus meinen Augen wie Donau und Sava, die sich in der serbischen Hauptstadt Belgrad treffen. Ich war allerdings der einzige, der weinte. Dem mehrheitlich aus Zehnjährigen bestehenden Publikum war der Tod des Affen egal. Nur ich, damals sechzehn Jahre alt, konnte es nicht akzeptieren und weinte wie entfesselt.

Die Geschichte fiel mir wieder ein, als ich neulich wartend in einer Arztpraxis die Senioren-Zeitschrift „50plus" durchblätterte. Eine Anzeige zog meine Aufmerksamkeit auf sich: „73-jährige Dame, Nichtraucherin, sportlich, gut gepflegt, sucht einen romantischen Partner für gemeinsame Erlebnisse". Dann fragte ich mich, ob man mit dreiundsiebzig romantisch sein könne. Könnte ich da, nachdem ich alle Enttäuschungen des Lebens schon geschluckt hätte, immer noch mit voller Kraft weinen, wenn der große Affe im Tarzan stirbt?

Während ich bei der Romantik nicht sicher bin, kann ich bestätigen, dass man im Alter seine Eitelkeit nicht verliert. Meine Oma, die zweiundachtzig Jahre alt ist und immer noch sehr aktiv, trifft sich regelmäßig mit anderen Omas in einem Sofioter Park, um die Einsamkeit zu vertreiben. Eine ihrer Freundinnen sagte ihr immer, wenn sie sich trafen: „Du siehst aus wie Meryl Streep!" Meine Oma fühlte sich immer geschmeichelt. Sie hatte zwar keine Ahnung, wer Meryl Streep war, aber schon das Erwähnen eines ausländischen Namens im Zusammenhang mit ihrer Person erfüllte sie mit Stolz. Eines Tages fragte sie meinen Vater, wer Meryl Streep denn sei und ob man sie ihr zeigen könne. Mein Vater googelte den Namen der mehrfachen Oscarpreisträgerin und zeigte meiner Oma Fotos von ihr. Die Enttäuschung meiner Großmutter war groß: „Diese Meryl Streep schaut aber ganz gewöhnlich aus", sagte sie.

Außerdem schreibt meine Oma Gedichte. Sie schickt sie regelmäßig an eine bulgarische Zeitschrift, die der österreichischen „50plus" ähnlich ist. In diesen Gedichten klagt die romantische Seele meiner Großmutter über ihre Einsamkeit. Vielleicht sehnt sie sich auch nach einem Partner für „gemeinsame romantische Erlebnisse". Bisher wurde kein einziges von ihren Gedichten veröffentlicht. Und kein Partner hat sich bis jetzt gemeldet.

Sie schickt aber weiter eifrig Gedichte an die Zeitung und liest sie mir immer vor, wenn sie die Möglichkeit hat. Manchmal glaube ich, dass ich nicht in der Lage bin, so eine Beständigkeit auf der Suche nach „romantischen Erlebnissen" zu zeigen. Meine Generation empfindet Romantik als ein Überbleibsel einer alten Zeit. Als etwas nur für alte Leute.

Ich sollte eine Anzeige in eine Zeitung setzen. „Suche Partnerin, die gemeinsam mit mir bei Tarzan weint." Vielleicht werde ich dann Glück mit der Romantik haben.

Etwas ist faul im Staate Dänemark

„Wir können auf zwei Weisen reich werden", meinte V., „durch Diebstahl oder durch unseren Schwanz!" Mein Freund V. wollte unbedingt reich werden. Da er aber Angst hatte zu stehlen, folgte er dem zweiten Teil der obigen Weisheit.

Wenn V. und ich eine Disko besuchten, fand er immer einen strategisch guten Platz. Dort stand er dann in der ruhigsten Pose, die ihr euch vorstellen könnt. Und es fand sich immer ein nettes Mädchen, das seinen traurigen Blick erwiderte und ihn fragte, was mit ihm los sei.

V. erzählte ihr dann wie er in einer Plattenbauwohnung in einem bulgarischen Vorstadtviertel aufwuchs und wie er mit einer kalten Straßenbahn zur Schule fuhr. „Wenn ich dann endlich nach Hause gekommen war, hat mich mein Vater mit dem Schlauch der Waschmaschine geschlagen", sagte er zum krönenden Abschluss seiner Geschichte und schaute seinem Opfer direkt in die Augen. Danach nahm er das Mädchen in seine Wohnung mit, um ihr seine Narben zu zeigen. Bis zur letzten Woche hat V. anscheinend seine Millionärin noch nicht getroffen. Er hatte sich immer Geld von mir geliehen. Und ich habe es als verschwunden abgeschrieben.

Bis zur letzten Woche. Da kam V. zu mir nach Hause und gab mir das Geliehene plötzlich zurück – bis auf den letzten Cent. Ich fragte ihn, ob er jetzt vielleicht doch eine Bank ausgeraubt hätte. Nein, sagte er, er habe endlich den großen Fisch gefangen. Er hätte eine Dänin kennengelernt, deren Familie im Besitz vom halben Zentrum von Kopenhagen sei und deren Wurzeln bis zu den Wikingern zurückreichen würden. Ich war neidisch. Ich wollte schon immer eine echte Wikinger-Frau kennenlernen. Ich fragte ihn, wann er mir seine neue Flamme vorstellte. Er verlegte dieses Event in die ungewisse Zukunft. „Aha", dachte ich mir, „jetzt hat er Angst vor der Konkurrenz!"

Nach zwei Tagen aber rief mich V. an und lud mich zusammen mit seiner Wikingerin in eine Pizzeria ein. Ich bereitete mich vor und las im Internet alles über Dänemark, Kopenhagen und die dänische Königin. Ich war sehr gespannt, sie kennenzulernen. Und da sie aus einer bedeutenden Familie kam, zog ich meine neuen Schuhe an. Ich erschien pünktlich. V. kam auch. Er lief neben dem Schatten einer Kreatur, die wohl eher ein Nachkomme der Trolle und nicht der Wikinger war. Ich erstarrte vor Schreck. Danach bestellte ich mir eine kleine Margherita.

Nach einem kurzen Gespräch schlug sich V. plötzlich auf die Stirn. Er hätte vergessen, das Bügeleisen zu Hause auszuschalten. Danach floh er aus der Pizzeria. Das erschien mir komisch. Erstens, weil er mich mit seiner Eroberung alleine gelassen hatte, und zweitens, weil ich ihn nie bügeln gesehen habe.

In der nächsten Stunde erzählte ich alles, was ich über Dänemark wusste. V. kam nicht zurück. Wir sollten zahlen. In diesem Moment fing die Wikingerin zu weinen an. Sie erzählte mir, sie komme gar nicht aus einer wichtigen Wikingerfamilie. Ihre Eltern wären religiöse Fanatiker und Abtreibungsgegner. Sie habe acht Geschwister, die alle auf Hochbetten schliefen. Ich stellte sie mir vor, wie sie mit ihrer gigantischen Größe auf dem zweiten Bettstock hochkletterte. „Wie hast du denn die Schulden von V. bezahlt?", fragte ich. Sie habe sich Geld geliehen. Danach weinte sie pausenlos. Sie wollte V. so sehr beeindrucken. Ich seufzte. „Keine Sorge, ich gebe es dir zurück."

Während ich nach Hause ging, dachte ich mir: „Armer ich, arme Wikingerin. Und V., du blöder Schwanz, in Zukunft solltest du besser versuchen, durch Diebstahl reich zu werden.“

Der parkende Raser auf der roten Rakete

Als mein Vater ein Kind war, träumte er davon Kosmonaut zu werden. Die kommunistische Propaganda berichtete unaufhörlich über die Erfolge der sowjetischen Raumfahrtbehörde und alle bulgarischen Kinder der Sechzigerjahre schauten zum Himmel empor.

Der Traum meines Vaters ging so weit, dass er sogar einmal seinen Kopf in einen Globus steckte und so tat, als würde er einen Astronautenhelm tragen. Sein Spaziergang durch den Weltraum endete aber tragisch. Sein Kopf blieb im Globus stecken und seine Eltern mussten diesen danach durchsägen, um meinen armen zehnjährigen Vater daraus zu befreien.

Ich träumte nicht vom Weltall. Der Raumfahrtwettbewerb zwischen den zwei Weltsupermächten war vorbei und die Menschheit hatte neue Probleme. Der Kosmos war zu weit und zu kalt oder vielleicht zu heiß, aber in jeden Fall unattraktiv für meine Generation.

Mein großer Traum war es, einen Lastwagen zu besitzen – rot mit einer gelben Karosserie. Mein Vater, der doch kein Kosmonaut geworden war, versuchte alles, um den Wunsch seines Sohnes zu erfüllen. In ganz Sofia der Neunziger aber fand sich weit und breit kein roter Lastwagen. Stattdessen bekam ich ein mit Tretpedalen ausgestattetes Auto.

Das Auto – Marke Toyota – war für mich etwas Wunderbares. Ich betrachtete es wie verzaubert und setzte mich mit großer Freude darauf. Nur eines wollte ich auf gar keinen Fall: damit fahren. Der gescheiterte Kosmonaut versuchte seinem idiotischen Sohn beizubringen, dass man in die Pedale treten musste, damit sich das Auto in Bewegung setzte. Das verstand ich nicht. Ich brauchte das Auto gar nicht zum Fahren. In meiner Vorstellung fuhr ich bereits, die tatsächliche Fortbewegung war für mich überflüssig.

Mein Vater akzeptierte aber nicht, dass er so viel Geld für dieses blöde Auto ausgegeben hatte und ich nicht damit fahren wollte. Er nahm ein langes Seil, band das Auto an und versuchte mich durch die Gegend zu ziehen. Ich aber verzichtete auf das Lenken und landete nach einigen Metern immer im Gebüsch. Mein Vater gab auf. Ich ging nie wieder mit dem Spielzeugauto aus dem Haus. Irgendwann entdeckte mein kleiner Bruder die rote Rakete. Nachdem er mit dem Toyota ungefähr tausend Runden ums Haus gefahren war, wurde es ihm dann doch langweilig und er entschied sich, gerüstet mit einem Hammer in der Hand, lieber Werkstatt zu spielen. Einige Jahre danach warfen wir den abgewrackten, vollkommen zerstörten Toyota in den Müll.

Zu meinem zehnten Geburtstag schenkte mir meine Oma ein Fahrrad. Es hatte einen glitzernden Rahmen, der wunderbar die Sonne reflektierte. Das Fahrrad war so schön, dass ich mir die ganze Zeit vorstellte, wie ich um die Welt reiste und vielleicht bei der Tour de France mitmachte. Ich wollte aber wieder nicht aufsitzen. Meine Großmutter konnte nicht verstehen, dass ihr Enkel nicht Fahrrad fahren wollte. Um mir zu zeigen, wie leicht es ist, bestieg sie das Fahrrad. Das Ergebnis war, dass sie die nächsten zwei Monate mit einem Arm im Gips verbrachte. „Ich nehme das Fahrrad, für deine Enkelkinder“, sagte meine Oma und steckte es in den Keller. Wo es heute ist, weiß nur sie.

Seitdem schenkt mir kein Verwandter mehr etwas „Mobiles“, außer Schuhe. Ich träume davon, eines Tages magische Schuhe zu bekommen und ich werde damit fliegen wie der Kleine Muck. Papa, ich verspreche dir, dass ich dann den Kosmos bereise und dir erzählen werde, wie es dort ist.

Keep Walking!

Letzte Woche hatte ich schreckliche Zahnschmerzen. Ich habe alles versucht, um sie zu bekämpfen. Ich nahm Schmerzmittel. Ich presste einen Eisbeutel an meine Backe. Nach alter bulgarischer Tradition wickelte ich eine in Traubenschnaps eingeweichte Watte um den kranken Zahn. Nichts half. Der einzige Weg, um den Schmerz zu vergessen, war ein langer Spaziergang. Wien ist eine Stadt, die sich sehr gut zum Spazierengehen eignet.

Falls ihr meine Kolumnen verfolgt, dann wisst ihr, dass ich ein leidenschaftlicher Fußgänger bin. Das Spazierengehen ist die einzige Möglichkeit, bei der ich alleine mit mir selbst bleiben kann. Da können wir beide, Ich und Ich, miteinander in Ruhe reden. Denn in meiner Wohnung ist es zu eng. Ich wohne mit zu vielen Leuten zusammen und jeder hat immer seine eigenen Probleme. Es stellte sich außerdem heraus, dass das Spazierengehen einen heilenden Effekt hat. Während des Gehens wurde der Schmerz langsam vom Gehsteig aufgesaugt. Das, was ich an Wien am meisten mag, sind seine wundervollen Gehsteige.

Während ich wie verzaubert durch die Gegend ging, prallte ich mit dem Kopf gegen einen Baum. Das ist jetzt gar nicht lustig. Dieser Baum stand irgendwie unnatürlich mitten auf dem Gehsteig. Wien ist eine Stadt aus Stein und Bäume sind selten zu sehen. Wie ich gerade auf diesen verflixten Baum gestoßen war, blieb mir ein Geheimnis. Das Ergebnis war, dass zu meinem schmerzenden Zahn ein schmerzender Kopf dazukam.

Und jetzt komme ich zu dem Hauptpunkt meiner Kolumne. Wien soll bald einen Fußgängerbeauftragten bekommen. Ich lese die Meinungen über diesen Posten in verschiedenen Internetforen, wo alle dagegen sind. Er würde nichts bringen, das sei eine reine Geldverschwendung. Das stimmt gar nicht. Wien und ich brauchen einen Fußgängerbeauftragten! Ich bin ein so verantwortungsloser Fußgänger, dass ich einen Chef brauche. Nicht, dass ich Vorgesetzte mag, ich habe stets versucht, sie zu meiden. Aber ich brauche jemand, der über mich wacht. Jemand, der alles im Vorhinein genau einschätzt, der statt mir denkt. Das Zufußgehen, mag auf dem ersten Blick einfach erscheinen, ist es aber nicht.

Meine Mutter sagt ständig zu mir: „Mit acht Monaten bist du zum ersten mal gegangen, ganz gelernt hast du es aber nie!" Mit acht Monaten die ersten Schritte zu machen, ist sehr früh für die meisten Babys, erzählt sie weiter. Ich habe wenig Ahnung von Babys, aber meine Mutter hat recht. Es passiert mir oft, dass ich den längsten oder den hügeligsten Weg nehme. Ich komme immer zu spät und ende oft in Sackgassen. Als ich erfuhr, dass es einen Fußgängerbeauftragten geben würde, wurde mein ganzes Dasein von Hoffnung ergriffen! Endlich jemand, der mir beibringen kann, wie ich am besten mein Ziel erreiche. Und meine Mutter wird endlich zufrieden mit mir sein.

Ich hoffe, dass der neue Fußgängerbeauftragte mir genau sagen kann, wie ich in Wien spazieren gehen soll. Wie einer, der stolz ist, dass er Wien erreicht hat? Oder wie einer, dem es leid tut, dass er hier steckengeblieben ist? Denn das Selbstbewusstsein bestimmt den Gang.

All diese Fragen werde ich stellen, wenn der Fußgängerbeauftragte seinen Posten aufnimmt. Bis dahin – keep walking.

My Home is my Castle

Ich bin letzte Woche nach sechs Jahren in Wien zum zehnten Mal umgezogen. Ich sammelte meinen ganzen Besitz in nicht mal zwei Stunden zusammen. Ein paar Kleider, einen Computer aus Zeiten, in denen es Smartphones nur in Science-Fiction-Filmen gab, und ungefähr zweihundert Bücher. Ich stand vor meinen Sachen und fragte mich, ob ich jetzt lachen oder weinen soll.

2006 kam ich mit zwei Koffern am Wiener Westbahnhof an. Sechs Jahre danach passte alles, was ich habe, in die gleichen zwei Koffer rein. Sie warteten in jeder Wohnung, die ich bisher für eine Weile mein „Zuhause" nennen durfte, brav in einer Ecke. Manchmal hatte ich das Gefühl, dass sie mir mit ihren grauen Kofferaugen zuzwinkern: „Mein alter Freund", sagten sie in ihrer Koffersprache, „nur wir sind dir treu geblieben".

Ich habe in sechs Jahren nichts zu meinem Besitz addiert. Nichts. Niente. Nicht einmal eine IKEA-Lampe, die meine dunklen Nächte erleuchtet oder gar einen Tennisschläger, mit dem ich am Wochenende meine Backhand trainieren kann.

Ich weiß nicht, ob es mir leid tun soll, dass ich immer noch so ein armes Schwein bin, oder ob ich mich freuen will, dass ich dem Reiz der Konsumgesellschaft widerstanden habe und nicht Sklave meines eigenen Besitzes geworden bin.

Zuletzt wohnte ich für ein halbes Jahr in Olis Wohnung. Da hatte ich alles, was man zum Leben braucht – ein Bett, ein Regal, einen Kasten, ein Büro und viele Wanddecken und Bilder mit hinduistischen Motiven, die der Wohnung eine einzigartige Atmosphäre gaben. Oli war mit dem Motorrad von Wien nach Indien gefahren und war so nett, mir seine Wohnung während seiner Reise zu überlassen. Ich fühlte mich in Olis Wohnung wirklich zu Hause. Während er mit einem Militärkonvoi das Hindukusch-Gebirge überquerte, ließ ich mir unter Schivas strengem Blick von einer schönen Architekturstudentin erklären, wie man am besten einen Springbrunnen baut.

Oli kam zurück von seiner Reise und ich musste weiterziehen. Ich musste die Ruhe meines Hindu-Tempels verlassen und mir wieder ein WG-Zimmer suchen. Zum Glück fand ich schnell meine zukünftige Unterkunft. Sie befindet sich im Wiener Nobel-Gemeindebezirk Meidling. Nach Brigittenau, Fünfhaus und Favoriten darf ich jetzt auch dieses Wiener Äquivalent von Beverly Hills bewohnen.

Ich passte sofort wie dafür geschaffen in die neue Umgebung. Kaum waren die zwei Koffer in der Ecke meines neuen Zimmers, explodierte das Haus unter den Klängen orientalischer Musik. Unser Nachbar Murat heiratete seine schöne Hatidje gleich am ersten Tag nach meiner Ankunft. Es kann nicht schöner anfangen, mein Aufenthalt hier, dachte ich mir.

Jetzt liege ich im Bett, schaue auf meine Koffer und weiß, dass sie mich auch beobachten. Und wir fragen uns gegenseitig: „Wie lange noch?"

Bobara und die Banken

„Der nächste Schritt ist ein Bankkonto", sagte ich zu meinem Freund Bobara. Nach einem Jahr in Wien, hatte er endlich einen Meldezettel. Normalerweise wäre dann sofort das Bankkonto an der Reihe. Für Bobara aber klangen meine Worte wie eine Beleidigung. „Die Banken, Bruder, wurden von Bankern erfunden, damit sie besser leben können!"

Bobara hatte nie Lenin gelesen. Er besaß aber die gleiche undurchdringliche Logik. Wenn jemand reich war, war er auch schuldig. Die Bewegung „Occupy Wall Street" war noch nicht groß nach Osteuropa vorgedrungen, aber meine Landsleute hassten sowieso die Bankiers. Nach dem Fall des Kommunismus in Bulgarien wurden die Banken von ehemaligen Parteigrößen und Staatsicherheitsagenten privatisiert. Für eine Weile war „Bank" ein schmutziges Wort.

Die Banken wuschen das Geld der Ex-Komm-Partei und der von ihr kreierten Mafiastrukturen.

Vor fünfzehn Jahren kollabierte dann das Bankensystem in Bulgarien. Die Inflation erreichte tausend Prozent. Es hatte sich herausgestellt, dass die Banken nicht rückzahlbare Kredite vergeben hatten. Die Bankiers wurden Millionäre, die Menschen verloren ihre Ersparnisse. Daher kommt auch die eiserne Logik von Bobara. Er wurde so erzogen, dass man Banken und Behörden nicht trauen darf. Behörden solle man umgehen so weit man kann. In Bulgarien erzählt man den folgenden Witz: „Hallo, ist da die Energieversorgungsbehörde? – Nein, hier spricht die Wasserversorgungsbehörde. – Aha, egal. Eure Mütter f* ich ebenfalls."

Unser Nachbar in Sofia, Herr Janosz, ist Pole. Er ist genau das Gegenteil von Bobara, der als Vorstadtkind in Sofia geboren wurde. Pan Janosz stammt aus der Szlachta – der polnischen Aristokratie. Er versteht etwas vom Kapitalismus. Vor fünf Jahren kaufte er das Grundstück neben uns. Er baute sich dort ein vierstöckiges Haus von mindestens achthundert Quadratmetern. Sein Palast verdeckte uns den Blick auf das Vitoschagebirge, das sich neben Sofia befindet. Er fuhr einen grünen „Bentley" und benahm sich wie der Nachfolger von Jan Sobieski. Nachts betätigte er Pumpen, die den Inhalt seiner Senkgrube in unseren Hof abpumpten. Nachdem wir uns bei der Polizei beklagt hatten, schickte er uns Schläger. „Die Scheiße gehört ihm und er kann sie hinpumpen, wo er will", sagten sie zu uns. Wenn uns das nicht gefalle, sollten wir umziehen. Da wir aber nirgends hingehen konnten, beglückten wir uns damit, Herrn Janosz den „Ober-Scheißer" zu nennen. Das unterschied ihn von vielen anderen Scheißern in der Gegend. Einmal hat er fast meine achtzigjährige Oma mit seinem Bentley überfahren. Sie schlug mit ihrem Gehstock auf das Auto. Er lehnte sich aus dem Fenster heraus und schrie: „Dieses Auto kostet eine halbe Millionen Euro!" „Ich pisse auf deine halbe Millionen, mein Leben ist mehr wert!“, schrie meine Oma zurück. Diese Tat meiner heroischen Oma wärmte für lange Zeit unsere Herzen.

Der Ober-Scheißer hatte eine Baufirma irgendwo in Sofia. Nach 2008 kamen schlechte Zeiten für die Baubranche. Und für ihn auch. Es hatte sich herausgestellt, dass sein Palast der Bank gehörte, von der er Kredit bezogen hatte. Jetzt verkaufte die Bank sein Haus. Daraufhin folgte Herr Janosz dem Schicksal des Protagonisten aus dem berühmten Bob Dylan Song „Like a rolling stone“. Zuerst verkaufte er seinen Bentley und fuhr einem Hyundai. Danach verschwand auch der Hyundai. Meine Oma erzählte uns, dass sie ihn in einem öffentlichen Bus gesehen hatte. Zuerst glaubten wir ihr nicht. Sie beschrieb uns die Einzelheiten seiner Trainingshose. Wir glaubten ihr. Aus Mitleid hörten wir auf, ihn „der Ober-Scheißer“ zu nennen und er wurde wieder Pan Janosz. Er fing sogar an, „Guten Tag“ zu uns zu sagen. Mit einem polnischen Akzent.

In Arthur Penns Meisterwerk „Bonnie and Clyde“ aus dem Jahr 1967 beginnen die Helden Banken auszurauben, weil eine Bank das Haus eines ehrlichen Menschen verkauft. Für sie sind die Banken die Quelle menschlichen Leids. Wir wissen alle, wie Bonnie und Clyde enden. Ich fragte mich, wem die Bank das Haus von Herrn Janosz verkaufen wird? Wer würde jetzt der neue „Ober-Scheißer“? Und was sollte ich Bobara raten? Vielleicht hatte er doch recht, was Banken anging.

Sommeridylle

Diese Bank war meine Rettung. Meine kleine Oase in der unaushaltbaren Hitze des Betondschungels, in dem ich lebe und aus dem ich ohne Erfolg zu entkommen versuche. Dicke Schweißtropfen sprudelten aus meinem Gesicht und begossen mit einem lauten Knall den heißen österreichischen Boden. Doch hier auf der Bank hatte ich meine Ruhe. Mitten in der Stadt, doch irgendwie weit entfernt von der alltäglichen Hektik, in der wir alle unserem Glück nachlaufen. Unter dem dicken Schatten eines Lindenbaumes hatte ich meinen Platz gefunden. Als ob ihn dort der gutmütige Gott oder die noch gutmütigere Magistratsabteilung für Sitzangelgenheiten extra für mich eingepflanzt hatte.

Die Bank, auf der ich diesen kleinen Augenblick der Freiheit gefunden hatte, stand ruhig in einem kleinen Park in einer dieser feinen Wiener Bezirke jenseits des Gürtels. Ich kannte das Geräusch – wie ein hungriger Tiger klingt es –, das Wiens Verkehrsarme den ganzen Tag von sich geben, immer noch leicht wahrnehmen, doch von dieser Stelle hört es sich mehr wie das leise Summen eines Bergflusses an. Oder zumindest versuchte ich, mir das einzubilden.

Das Mikrosystem im Park folgt seinem Tagesablauf. Eine Gruppe Jugendlicher, in den bunten Trikots verschiedener Istanbuler Fußballvereine gekleidet, schrie in Richtung der Fenster im dritten Stock des naheliegenden Gemeindebaus: „Sylemaaaaaann".

Syleman ließ nicht lange auf sich warten. Nach dem dritten Ruf war er schon bei seinen Freunden. Er hatte Torwarthandschuhe an – der Grund, warum er so wichtig für seine Mannschaft war. Nicht weit entfernt von den österreichischen Fußballnachwuchstalenten hatten gemütlich um einen Parktisch Männer aus allen Ecken Ex-Jugoslawiens Platz genommen, mit der Körperstatur eines Kriegs- oder zumindest Baustellenveterans, die in einer offenbar sehr spannenden Kartenspielschlacht verwickelt waren. Sie waren hoch konzentriert und warfen mit einem lauten Knall die Karten auf den Tisch – ähnlich wie meine Oma, wenn sie das Geld ihrer kleinen Pension zählt.

Unweit von den Männern saß eine kleine Gruppe indischer Frauen, die wie eine Adlermutter immer ein Auge auf ihre Kleinen warf, welche gerade auf eine Rutsche kletterten.

„Diese verdammten Ausländer!", weckte mich eine Stimme aus meinem Halbschlaf und holte mich auf die Erde, pardon auf die Bank zurück. Neben mir hatte eine prächtige rosawangige Frau ungewissen Alters Platz genommen. „Sie machen nur Lärm und Mist", fuhr die Stimme fort, „Und wer muss dafür zahlen? Ich zahle dafür, dass sie meine Stadt verschmutzen!" Ich wusste nicht warum, aber die Frau, dessen Alter ich zwischen sechzig und hundert einschätzte, sah in mir eine verwandte Seele. Ohne mich zu fragen, erzählte sie mir aus ihrem Leben. Sie war vor siebenundzwanzig Jahren aus Ungarn nach Wien gekommen und hatte geglaubt, sie sei in eine ordentliche und saubere Stadt umgezogen. Am Anfang wäre die Stadt tatsächlich so gewesen – sauber und ordentlich. Je mehr Ausländer aber hierher gezogen wären, desto heruntergekommener sei die Stadt geworden. Jetzt sei die Lage wirklich nicht mehr auszuhalten. Die Ausländer seien überall.

Ich erwiderte nichts. Ich saß still und genoss meine Sommeridylle. Ich fragte mich nur innerlich, ob ich eines Tages auch so werden würde: ein ausländerfeindlicher Ausländer. Das wäre sicherlich schade.

Alter nicht, meine Liebe

„Weißt du, dass Madonna in Schwierigkeiten steckt?", fragte mich gestern mein Freund Ivan mit besorgter Stimme.

Ivan hatte irgendwo gelesen, dass sich das neue Album der „Queen of Pop" schlecht verkaufen würde, dass sie schon peinlich wäre, wenn sie sich in ihrem Alter auf der Bühne entblößte und dass sie überhaupt nicht mehr das sei, was sie einmal war. Ich möge jetzt etwas darüber schreiben, meinte Ivan, weil das unheimlich viele Leute vor ihrem Wienkonzert interessiere.

Ich habe noch nie und werde mit Sicherheit nie ein Madonna-Konzert besuchen. Ich wusste nicht mal, dass sie ein Konzert in Wien geben wird und werde mit hundertprozentiger Sicherheit diesem Auftritt nicht die Ehre meiner Anwesenheit erteilen. Mir war auch ihr Auftritt in Sofia vor drei Jahren ziemlich egal. Ich habe nur später auf Youtube gesehen, dass es ihr auf der Bühne schlecht gegangen ist, sie gestolpert und fast heruntergefallen ist. Kann es sein, dass es mit Madonnas Karriere ab diesem Konzert bergab ging? „Na, warum springt sie auch so herum mit fünfzig!“, meinte meine Mutter. Meine Mutter ist drei Jahre jünger als Madonna und ich kann mir nicht vorstellen, dass sie sich vor großen Menschenmengen solche Kostüme anzieht.

Ehrlich gesagt finde ich Madonna schon irgendwie cool und respektiere ihre langjährige Karriere. Auf dem „Ray of Light“-Album gibt es sogar ein oder zwei ganz hörbare Lieder. Ich mag sie auch als Eva Peron in Allen Parkers „Evita“. Die Rolle der argentinischen Politprinzessin ist wie geschaffen für Madonna – ein provinzielles Flittchen, das sich durch Sex zur Popikone hocharbeitet. Würde Madonna ein Konzert für zehn Euro geben, dann käme ich sicher vorbei! Die Ticketpreise von ihren Konzerten sind aber leider weit höher. Vor drei Jahren sang Madonna vor sechzigtausend Leuten in Sofia, heuer hat sie „nur“ dreißigtausend Tickets für ihren Wien-Gig verkauft.

All das ging mir durch den Kopf, als ich mir Ivans Sorgen über Madonna angehörte. Ich fragte ihn, ob er zum Konzert geht, um ihr finanziell unter die Arme zu greifen.

„Nein“, sagte Ivan. „ Ich will nicht, dass sie noch dreißig Jahre singt.“ Aber Madonna tue ihm schon leid, sie habe sich so lange so viel Mühe gegeben. „Als ich vierzehn war, war ich in sie verliebt“, meint Ivan. Ich versuchte ihm zu erklären, dass die „Queen of Pop“ damals fünfundvierzig war. Für die Liebe gibt es keine Erklärung, meinte Ivan. Und natürlich hatte er recht. Lasst ihr eure Liebe nicht alt werden!

Sonntagsleiden

Ich bin ein völlig planloser Mensch. Und das ist politisch korrekt ausgedrückt. Seit meiner Geburt verzichte ich auf lang- sowie sogar mittelfristiges Planen. Ich habe keine Ahnung, wie meine Zukunft ausschauen wird und versuche mir, so wenig Gedanken darüber zu machen wie möglich.

Man weiß nie, was hinter der nächsten Ecke lauert und ich lasse mich gerne überraschen. Ich bewundere Leute, die über jeden Schritt in ihrem Leben sorgfältig nachgedacht haben. Ohne sie würde wahrscheinlich alles im Chaos enden und das Versicherungsgewerbe auf der Welt zugrunde gehen. Ich hingegen bin eine absolute Katastrophe. Wenn ich meine Pläne für die Zukunft aufschreiben will, verliere ich immer das Heft.

Deshalb habe ich große Schwierigkeiten mit den Ladenöffnungszeiten in Wien. Mein Kühlschrank ist am Sonntag immer leer. Ja, natürlich könnte ich am Samstag einkaufen, aber es fällt mir einfach schwer, am Samstag zu planen, was ich am nächsten Tag brauche. Es belastet einfach mein System. Immer fehlen mir gerade an diesem Tag, an dem die arbeitenden Menschen bei ihren Familien sein sollen, entweder Brot, Bier, Eier oder Waschpulver.

Dass ich mir jetzt nicht einfach Brot kaufen kann, deprimiert mich. Am Sonntag fühle ich mich einsam und verloren. Es mag paranoid erscheinen, aber viele Landsmänner von mir, die sich in Wien aufhalten, fühlen sich genauso.

Das Problem liegt wahrscheinlich darin, dass in Bulgarien seitdem der Kommunismus weg ist, die Geschäfte unaufhörlich offen haben. Deshalb erwarten alle, dass sie jederzeit die ihnen fehlenden Produkte kaufen können. Mein Freund Vlado zum Beispiel, der seit mehr als zehn Jahren in Wien ist, hat noch immer das Gefühl, dass er am Sonntag hungrig bleiben wird. Zehn Minuten nachdem die Geschäfte zusperren, fängt Vlados Magen zu knurren an. Bei ihm hat sich schon eine Art Krankheit entwickelt, die er „Geschlossene-Geschäfte-Syndrom“ nennt. Um seine Paranoia zu überwinden, hat Vlado angefangen, Unmengen von Essen in seiner Wohnung zu horten. Mittlerweile sieht sie wie eine Supermarktlagerhalle aus. Überall liegen Flaschen, Dosen und Verpackungen.

Neulich hatte ich Besuch aus Sofia. Die Freundin, die mich besuchte, wollte gegen zwanzig Uhr am Abend plötzlich Palatschinken machen. Wir hatten keine Eier zu Hause und konnten nirgendwo welche kaufen. Meine Freundin war sehr enttäuscht, dass sie mir keine Palatschinken machen konnte und fing fast zu weinen an. Zum Glück konnte uns Vlado mit ein paar Eiern aushelfen. Er hatte fünf Kartons eingekauft. Die Freundin konnte das alles nicht verstehen. Andere Länder, andere Sitten, erklärte ich ihr.

Ich dachte, wir leben im Kapitalismus und dass hier die Nachfrage das Angebot bestimmen sollte. Und schaute man sich das Gedränge in den ganz wenigen am Sonntag geöffneten Supermärkten dieser Millionenstadt an, dann gab es ja sicherlich eine große Nachfrage.

Anscheinend gibt es viele solche verlorenen Seelen, die wie ich zum Kreis der planlosen Schurken oder – milder gesagt – der „Spätentscheider“ gehören. Zum Glück gibt es aber euch, liebe Murrats, Hasans und Abdullahs, für die der Sonntag kein Familientag ist. Das ist wahrscheinlich möglich, weil meistens eure ganze Familie satt an ihrem Sonntagsgewinn beteiligt ist. Gott, wie immer er auch heißen mag, soll euch segnen! Ihre seid meine einzige Rettung in dieser Geisterstadt. Es ist einfach megageil, dass ich in den Bezirken, wo ich bisher gewohnt habe, immer einer von euch auf diesen verflixten Sonntag gepfiffen hat.

Mir hat neulich ein Freund erzählt, dass viele von diesen Geschäften bestenfalls halblegal arbeiten. Es ist irgendwie cool, das ich weiß, das die Dose Bohnen, die ich mir letzten Sonntag gekauft habe, auch halblegal ist. Und die halblegalen Bohnen schmecken genauso gut, wenn nicht sogar besser.

Das große Holztragen

Ich musste Wien verlassen. Jedes Jahr Ende August musste ich meinem Vater beim Holztragen helfen. Ein Laster schüttete unseren Hof in Sofia mit mehr als zwanzig Kubikmeter Holz zum Heizen voll. Das sind mehr als neun Tonnen Holz! Dann fängt das große Tragen an, unser traditionelles Familienteambuilding.

Drei Tage lang müssen mein Vater, mein Bruder und ich die schweren Holzstücke aussortieren und in eine Garage einordnen. Das ist keine einfache Aufgabe. Es wird erzählt, dass in einigen Teilen Bulgariens der Bräutigam von den Eltern der Braut immer noch nach seiner Fähigkeit ausgewählt wird, sein Holz gut zu schlichten. Macht er es sorgfältig und sieht danach sein Holzstapel gerade aus, dann wird er auch als ein guter Mann eingeschätzt. Sieht aber der Holzstapel wie der schiefe Turm von Pisa aus, wird er als eine nicht vertrauenswürdige Person eingestuft und kann die Hochzeit vergessen, so lange er sein Holz nicht normal ordnen kann.

Zum Glück komme ich nicht aus der Gegend, sonst könnte ich nie eine Frau finden. Unsere Straße wurde schon längst ans Gasnetz angeschlossen, doch wir bleiben beim Holztragen. Wenn ich im November Rückenschmerzen habe, dann weiß ich, dass meinem Vater und meiner Oma im Winter warm ist.

Während ich Holz trage, versuche ich mir vorzustellen, was wäre, wenn ich in Wien geblieben wäre. Ich hätte da sicher endlich das Gratis-Freiluftkino vorm Rathaus besucht. Ich höre sogar das Summen von Anna Netrebkos Stimme. Oder ist das vielleicht eine Fliege, die es sich auf dem Holzstück, das ich gerade trage, gemütlich gemacht hat?

Die Sommerhitze wird aber in das kalte Donauwasser verschwinden. Der Herbstregen wird wieder seine Symphonie auf die Wiener Gassen spielen und alle Zugausländer kommen zurück in ihre Lieblingstadt. Don't cry for me, Vienna, wir werden bald wieder zusammen sein.

Loch im Kopf

Ich habe ein Loch im Kopf. Ganze sechs Komma zwei Zentimeter Durchmesser. Wenn man es mit der Hand anfasst, spürt man das Pulsieren meines Gehirns. „Wie ist es dazu gekommen?", fragen mich die Leute. Ich habe keine Erklärung.

Bis ich vierzehn Jahre alt war, glaubte ich, dass jeder so ein Loch im Kopf hat. Dieses Loch ist ein Grund, Familiengeschichten zu erzählen. Ich hatte mal einen Onkel mit sechs Fingern und einen Urgroßvater mit so etwas wie Flügeln auf dem Rücken. Dieser Uropa wurde von den Menschen in seinem Dorf für einen Vampir gehalten und umgebracht. Aber lasst uns lustigere Themen behandeln.

Mein Loch verwende ich oft als Anlass für ein Gespräch mit einem schönen Mädchen. Ich bitte sie, mein Loch im Kopf anzufassen und oft ist sie so hypnotisiert, als ob sie mit David Copperfield zusammen wäre. Ich erzähle oft, dass mein Loch das Ergebnis vom radioaktiven Regen aus Tschernobyl ist.

„Ach so?", antwortete ein Mädchen. „Und leuchtest du auch im Dunkeln?" Trotz der Ironie dieses Satzes kam sie nachts zu mir, um sich zu vergewissern, ob ich tatsächlich im Dunkeln leuchte. Ich habe also wirklich einige Vorteile von dem Loch im Kopf. Den größten Nutzen wollte ich daraus ziehen, nicht als Soldat einberufen zu werden. Damals, als es in Bulgarien noch eine Rekrutierungsarmee und keinen Zivildienst gab.

Mein Heimatland wollte aber irgendwie jeden außer mir unter seiner Fahne haben. In den höheren Gymnasialklassen bekamen alle meine Mitschüler Briefe, mit denen sie zum Antreten vor einer speziellen Behörde aufgefordert wurden. Diese Behörde sollte entscheiden, ob sie für den Militärdienst tauglich waren. Nur ich bekam diesen Brief nie. Ich war schon bereit für meine Rede vor der Behörde: „Für einen Kopf mit so einem Loch gibt es keinen Helm!"

Ich stellte mir meinen moralischen Sieg vor den Militärs mit dieser Phrase vor. Zu dieser Zeit schaute ich mir Filme wie „Hair" und „Full Metal Jacket" an, um meine pazifistische Seele weiter zu füttern. Die Einladung zur Einberufungskommission kam nie. Ich beneidete meine Mitschüler, die über ihre Leiden vor der Kommission erzählten. Außerdem konnten sie einen Tag dem Unterricht fernbleiben. Meine Ausrede mit dem Loch im Kopf ging zum Teufel. Bald danach wurde in Bulgarien ein Berufsheer eingeführt. Viele Menschen glauben immer noch, dass ein Mann, der nicht beim Militär war, kein echter Mann ist. Ob ich ein echter Mann bin, weiß ich nicht. Ihr könnt das Mädchen fragen, das wissen wollte, ob ich im Dunkeln leuchte.

Die Welt ist noch da

Gestern, am 11. September 2012, flog ich nach Wien. Die Flugtickets an diesem Tag waren viel billiger als am Tag vorher oder nachher. Die einstürzenden Türme des World Trade Center: Ein Anblick, den wohl keiner vergessen kann. Was soll's, sagte ich mir. In Wien gibt es keine so hohen Gebäude.

Allerdings kann man nicht wissen, wo die Terroristen ihren Unfug treiben werden. Erst vor einem Monat sprengte sich ein Selbstmordattentäter in die Luft. Neben einem Bus mit israelischen Touristen auf dem ruhigen provinziellen Flughafen in Burgas am Schwarzen Meer. Gigantische Rauchwolken stiegen in den türkisen Himmel empor. Freunde haben mir erzählt, dass die Strände in Burgas zwei Tage lang nach verbranntem Stoff rochen.

Dieser Geruch war viel beängstigender als die Meldungen in den Medien. So wie damals, als die Türme des World Trade Centers einstürzten und alles in riesigen Staubwolken verschwand. Diese Staubwolken bedeckten alles – von der Wall Street bis nach Chelsea. Die Menschen sahen aus wie einbetoniert. Sie ähnelten vor Angst erstarrten Skulpturen. Ich erfuhr vom 11. September 2001 von meiner Mutter. Jemand rief meine Mutter an. Danach sagte sie nur ein Wort: „Krieg!"

Mein Vater wusste nichts von den Terrorattacken, da er weder Zeitung liest, noch fernsieht. Meine Mutter erzählte ihm schnell, was passiert war. „Die Welt geht bald zu Ende!", schrie sie. Mein Vater ging ruhig zur Wand, wo unsere Familienfotos hängen. Auf einem der Fotos steht mein Vater lächelnd auf dem obersten Stock des World Trade Centers und zeigt in Richtung der Freiheitsstatue, die stolz in der Ferne steht. „Schau mal", sagte mein Vater, „ich bin immer noch auf diesem Foto! Die Welt kann nicht so einfach enden."

Meine Mutter schaute zuerst auf meinen Vater, dann auf das Foto. Dann wieder umgekehrt. Langsam erreichte auch sie der Glaube, dass unsere Welt ewig hielt, da mein Vater immer noch auf diesem Foto lächelnd auf dem obersten Stock des World Trade Centers steht.

Meine Mutter lächelte auch. Ich kann mich heute noch an dieses Lächeln erinnern. Der Glaube hat über die Verzweiflung gesiegt. Gestern, bevor ich zum Flughafen fuhr, schaute ich mir auch das Foto an. Das Gebäude existierte seit elf Jahren nicht mehr, mein Vater aber wies immer noch auf die Freiheitsstatue. Lächelnd bestieg ich meinen Flieger. Heute fotografiere ich mich vor dem Stephansdom. Man weiß ja nie.

Hütet euch vor Pamela!

Pamela Anderson hat mir immer Schwierigkeiten gebracht. Das erste Problem kam mit ihrem scheinbar leicht auszusprechenden Namen. Ich war vierzehn Jahre alt und wurde gerade in einer gewöhnlichen Berliner Schule angemeldet. Trotz meiner fehlenden Deutschkenntnisse.

Ich versuchte, mit meinen Mitschülern in Kontakt zu kommen. „Baywatch" lief gerade im Fernsehen, in Deutschland und in Bulgarien. Mein Vokabular bestand damals aus wenigen Worten, die in meinem ersten Deutschlehrbuch standen. Es war schwierig, mich meinen Mitschülern vorzustellen. „Hallo mein Name ist Uwe Sander, ich bin sechsundzwanzig Jahre alt", stand im Lehrbuch. Ich kannte diesen Uwe Sander nicht und hatte Angst vor ihm. Deshalb waren seine Worte in meinem Mund irgendwie fremd. Ein Pamela-Poster, das gerade irgendwo in der Schulstraße hing, kam mir in den Sinn, um mich aus der Uwe Sander Verlegenheit zu retten.

„PAmela AndesOn?", sagte ich und zeigte mit dem Finger. Ich erntete nur Lachen. „PEmela Enderson", sagten meine Mitschüler. Ich bin vor Scham fast im Boden versunken. Das einzige, was ich tatsächlich kannte, sprach ich noch falsch aus.

Ich verbrachte meine Sommerferien in Sofia. Da hatte ich auch meine Schwierigkeiten mit Pamela. Meine Freunde aus der Nachbarschaft hatten mich zwar nicht vergessen, schauten mich aber irgendwie distanziert an. „Oh, Ausländer", sagte mein damals bester Freund zu mir und fing an, den „Baywatch"-Song vor sich hin zu summen. „PEmela", sagte ich, so wie ich es aus Berlin kannte. „Du armer Schwabe!", sagten die Kinder zu mir und gingen Fußball spielen. Mich ließen sie ganz allein zurück. Wie gesagt, hatte ich immer meine Schwierigkeiten mit Pamela.

Gestern sah ich im Internet, dass Pamela Anderson in der bulgarischen Version von „Big Brother" mitmacht.

Nach Großbritannien, Australien und Indien betritt die ehemalige „Baywatch"-Prinzessin zum vierten Mal in ihrem Leben einen Big Brother Container, dieses Mal in der schönen südosteuropäischen Metropole Sofia. Alles im neuen bulgarischen „Big Brother" dreht sich um die liebe Pamela.

Einer der dortigen Prominenten hat die Mission, sich eine Woche so zu benehmen, als ob er das Sexsymbol der Neunziger nicht kennt. „Pamela Anderson beim Tellerwaschen, Pamela Anderson beim Putzen, erleben sie den internationalen Star wie niemals zuvor", wirbt der Fernsehkanal auf dem Big Brother ausgestrahlt wird, für seine neue Show. Anscheinend werden die voyeuristischen Neigungen des Publikums in meinem Heimatland dieses Mal aufs Extreme strapaziert.

In der Zwischenzeit hat sich auf Facebook eine gigantische Anti-Pamela Gruppe etabliert. Der erste Grund für die Unzufriedenheit war, dass die Blondine ein Interview gegeben hatte, in dem sie sagte, dass die bulgarische Nation nichts wert sei und dass die besten Bulgaren im Ausland leben. Später stellte sich heraus, dass das Interview unecht war. Der zweite Grund für die Empörung der Pamela-Gegner war, dass sie für drei Tage im bulgarischen Fernsehen ein Honorar von 155 500 Euro beziehen wird. Es sei eine Schande, dass das ärmste EU-Land so viel Geld für die blonde Bademeisterin ausgibt, die außerdem nie wirklich ein Menschenleben gerettet habe.

Ich sitze vor dem PC und sage mir – mein liebes Heimatland, lass Pamela in Ruhe. Ich spreche aus eigener Erfahrung: Egal was du mit ihr anstellst, es wird immer falsch sein.

Was wirst du, wenn du groß bist?

Es gibt einen alten bulgarischen Aberglauben, dass der Ort, wo die Nabelschnur des Kindes hingeworfen wird, die spätere berufliche Laufbahn bestimmt. Bleibt die Nabelschnur im Krankenhaus, dann wird das Kind Arzt, wird sie heimlich im Theater versteckt, dann wartet eine Karriere als SchauspielerIn. Das schlimmste, was passieren kann, ist, dass die Nabelschnur im Müll landet. Mein Vater warf meine auf das Dach der bulgarischen Akademie der Wissenschaften.

Danach kommt noch eine weitere Probe fürs berufliche Interesse des Kindes. Sobald es seine ersten Schritte macht, werden auf einen kleinen Tisch, einige Meter entfernt, verschiedene Gegenstände gelegt. Angelockt von den interessanten und unbekannten Sachen, geht das Kind zu ihnen und nimmt natürlich einen der Gegenstände in die Hand. Und sein beruflicher Weg wird erneut bestimmt.

Da meine Verwandten ja schon entschieden hatten, dass ich Professor werden sollte, gab es auf dem kleinen Tisch ein dickes Buch, ein Stück Kreide, einen Zeigestock und ähnliche Gegenstände, die mich in die wissenschaftliche Laufbahn zwingen sollten. Ich ignorierte die dicken Bücher, die große Brille und den Zeigestock und zielte ohne Bedenken in Richtung dieses wunderbaren Stocks mit Löchern und einem Kabel am Ende. Jemand hatte dort auch ein Mikrofon liegen gelassen. Heute gibt keiner zu, wer es war. Jeder beschuldigt den anderen, dass er so die für mich erhoffte Laufbahn sabotiert hatte.

Ich habe nie gewusst, was ich mal werden soll. Immer wieder wurde mir diese Frage von meinen Eltern gestellt. Ich antwortete immer mit einem Schulterzucken. „Was wirst du werden, wenn du groß wirst?“ – „Na, eben groß!“

Ganz anders tat es mein Freund Milan. Wir beide waren das beste Schul-Tandem, das man sich vorstellen kann. Ich schrieb von ihm in den Fächern ab, in denen er gut war und er machte das gleiche bei mir. Milan war seit seinem achten Lebensjahr sicher, dass er im Ausland Architektur studieren würde, um die Baufirma seines Vaters in Sofia später zu übernehmen. Er konnte es gar nicht erwarten, mit dem Studium anzufangen, damit er schnell wieder zurückkam.

„Mach deine Rechnung nie bevor der Kellner kommt", sagt ein bulgarisches Sprichwort. Milan ist immer noch nicht zurück, er hat eine Freundin aus Mexiko in Spanien und hat überhaupt kein Verlangen, wieder in Bulgarien zu sein. „Das Sicherste bleibt immer, nur das Nächste zu tun, was vor uns liegt", schreibt Goethe in seinem Bildungsroman „Wilhelm Meisters Lehrjahre".

Meine Verwandten haben sich längst von der Hoffnung verabschiedet, dass ich eines Tages ein Professor werde. Ab und zu sagt jemand mit Lächeln „Ja, als Kind warst du ein Professor und jetzt ..." Keiner spricht den Satz bis zu Ende und so weiß ich immer noch nicht, was hinter diesen drei Pünktchen steckt. Aber ich will auch nicht fragen.

Da ich immer viel zu viel spreche, sagt meine Mutter manchmal zu mir: „Die anderen Mütter gebären ihre Kinder mit einem goldenen Löffel im Mund, ich habe meines mit einem Mikrofon am Mund bekommen." Ob sie darüber froh ist oder traurig, will ich auch nicht fragen.

Da ich immer noch nicht weiß, was ich werden will, wenn ich groß genug bin, und was ich im Leben machen werde, beantworte ich diese Frage wieder mit einem Zitat aus demselben Goethe-Roman: „Man sollte alle Tage wenigstens ein kleines Lied hören, ein gutes Gedicht lesen, ein treffliches Gemälde sehen und, wenn es möglich zu machen wäre, einige vernünftige Worte sprechen."

Ich glaube, die klugen Schriftsteller haben ihre Bücher geschrieben, um uns Normalsterbliche aus den schwierigsten Situationen des Lebens herauszuziehen und vor den heikelsten Fragen zu retten.

Das Leben ist doch keine Oper!

Gestern musste ich meine liebe M. zum Flughafen begleiten. Sie flog zurück nach Bulgarien. M. wie „Madama Butterfly“. Nur waren die Rollen vertauscht: Madama Butterfly, die warten sollte, war ich und sie fuhr weg, so wie Leutnant Pinkerton. Ich sah ihrem Rücken nach, der langsam im Neonlicht des Wiener Flughafens verschwand. Ab und zu drehte sie sich um und lächelte mich an. Dieses Lächeln sollte mein Herz in den nächsten Monaten wärmen und mir Kraft zum Warten geben. Ich war Madama Butterfly in Wien.

Später am Abend fuhr ich mit meinem klapprigen Fahrrad über den Ring. In der Oper lief gerade „Madama Butterfly“. Wegen dieses Zufalls entschied ich mich, in die Oper zu gehen. Manchmal kaufe ich mir eine Stehplatzkarte für die Galerie. Die Möglichkeit, Opern für so wenig Geld zu sehen lässt mir auch die Freiheit, die Oper jederzeit zu verlassen. Ich habe irgendwo gelesen, dass es manche „Opernliebhaber“ in Paris fast genauso machen: Sie hören sich die Ouvertüre an, dann gehen sie etwas essen und kommen erst für den letzten Applaus wieder zurück.

Ich schaue mir die Logen an. In Loge Nummer Drei saß vor vielen, vielen Jahren der zukünftige bulgarische Zar Ferdinand, der Ende des 19. Jahrhunderts von einer Delegation aus Bulgarien, die unter dem österreichischen Adel den zukünftigen bulgarischen Monarchen aussuchen wollte, bemerkt worden war. „Sogar in seinen Stiefeln sieht er wie ein Zar aus!“, soll einer der bulgarischen Gesandten gesagt haben.

Nach der Oper fuhr ich am prächtigen Palais Coburg vorbei, das sich unweit von der Oper befindet. Hier wurde Ferdinand Anfang 1861 geboren. Nach mehr als dreißig Jahren an der bulgarischen Spitze, begann er Bulgarien sein Heimatland zu nennen. Im kollektiven Gedächtnis der Bulgaren blieb Ferdinand von Sachsen-Coburg Gotha aber der Monarch, der das Land in zwei nationale Katastrophen, nämlich den Balkankrieg und den Ersten Weltkrieg, geführt hat.

Solche Gedanken gingen mir durch den Kopf, als ich am Palais Coburg vorbeikam. Ich überfuhr dabei fast einen Fußgänger. Er beschimpfte mich prächtig. Zar Ferdinand war auch als begeisterter Radfahrer bekannt. Er fuhr sogar in den Hallen seines Palastes in Sofia Rad. Ihn beschimpfte aber niemand.

Zunächst von den meisten als weich bezeichnet, wurde Ferdinand in den ersten zwei Jahrzehnten seiner Regierungszeit die starke Figur in der bulgarischen Politik. Den Höhepunkt seines Zarentums erreichte er 1908, als er die Annexion von Bosnien durch Österreich-Ungarn ausnutzte und die endgültige Unabhängigkeit Bulgariens vom Osmanischen Reich verkündete.

Als ich zu Hause ankam, war es schon der dritte Oktober. An diesem Tag im Jahr 1918 dankte Ferdinand ab und verließ Bulgarien für immer. Und ich fühlte mich schlecht, da mir M. fehlte. Es war nicht leicht, Madama Butterfly zu sein. Aber was soll's, ich machte kein Seppuku. Das Leben ist doch keine Oper.

Felix, mein Bruder!

Als Felix Baumgartner sicher auf der Erde gelandet war, wurde er jubelnd von seiner Freundin empfangen. In einem russischen Internetforum war daraufhin zu lesen: „Diese Freundin haben sie erfunden! Sie wollen nur zeigen, dass er nicht schwul ist." Die Sexualität des Österreichers, der gerade drei Weltrekorde gebrochen hat, schien das Wichtigste für die Besucher dieser Nachrichtenplattform zu sein.

Die Russen interessieren sich nicht zum ersten Mal für Sex im Weltraum. 1963 wurde Walentina Tereschkowa die erste Frau im Kosmos. Als das passierte, kommentierten alle, wie der Flug im Weltall ihre Sexualität beeinflussen werde. Der Kosmos ist weit weg und macht uns Angst. Vielleicht kann er auch unsere wichtigste Eigenschaft beschädigen? Es wurde sogar ein Lied erfunden, das sowohl Terewschkowas Flug als auch die neuen Erfindungen der technischen Ära feierte: „Für Tereschkowas kosmische Reise, schenkte ihr Chruschtschow einen automatischen Schwanz ausnahmsweise."

Bald nach ihrer Rückkehr auf die Erde heiratete Tereschkowa den Kosmonauten Andrijan Nikolaew, der zu dieser Zeit als der erste Junggeselle im Weltraum bekannt geworden war. Nikita Chruschtschow war ihr Trauzeuge. Tereschkowa ist inzwischen längst von Nikolaew geschieden, hat eine Tochter, die lebendig und gesund ist. Wir brauchen uns also keine Sorgen, um das Erbe von Baumgartner zu machen.

Über die Größen aus Politik, Weltraumfahrt und Sport erscheinen immer wieder Witze, die die Komplexe von Völkern, die gerade nicht im Zentrum des Weltgeschehens stehen, widerspiegeln. Nach Baumgartners Sprung wurde auf Facebook fast mit der Geschwindigkeit des springenden Felix die Titelseite einer mazedonischen Zeitung verbreitet. Dort stand: „Felix, wir sind stolz auf dich, Sohn!" Und die Erklärung: „Sein Opa ist Mazedonier!"

Man sagt, der Artikel sei ein Scherz gewesen. In bulgarischen Medien wurde verkündet, dass Bulgaren schon in den Fünfzigerjahren des 20. Jahrhunderts aus der Stratosphäre gesprungen sind. Das erinnert mich an die Zeit, als in meinem Heimatland prachtvolle Feiern zum 1300-jährigen Jubiläum Bulgariens organisiert wurden. Und um Bulgarien nicht nachzustehen, wurde in Rumänien verkündet, dass der rumänische Staat schon seit 2400 Jahren existiere. Ich kann kein Rumänisch, deshalb weiß ich nicht, ob Baumgartner vielleicht auch rumänische Wurzeln hat.

Ich persönlich brauche gar nicht aus dem All zu springen. Mein Bruder Felix hat es schon gemacht! Wir sind stolz auf dich, Felix, alle Bulgaren, Mazedonier und Rumänen. Wir leben ja in Österreich. Und von der Höhe aus, von der Felix gesprungen ist, sieht man die Wurzel nicht.

Pferdezombie-Style

Den ganzen Tag springen die Kinder meiner Nachbarn, Hatidje, Mustafa und Günes, wie Pferde im Stiegenhaus. Normalerweise sind sie ganz ruhige Kinder. Sie halten mir die Aufzugstür auf, wenn wir uns sehen. In ihren Augen bin ich ein Mann im fortgeschrittenen Alter, dem man helfen muss. Gestern aber bemerkten sie mich gar nicht. Sie sprangen mich beinahe an. Sie sprangen und wieherten wie drei Zombiepferde. Außerdem redeten sie in einer unbekannten Sprache. Ich versuchte dieses seltsame Verhalten zu entziffern, denn wir sind ja in Wien, der Stadt der Psychoanalyse.

Und ich habe eine Antwort gefunden. Sie heißt „Psy" und er ist ein südkoreanischer Rapper. Sein Song „Gangnam Style", woraus der seltsame Tanzstil, den die Kinder meiner Nachbarn ausüben, stammt, hat eine halbe Milliarde Views auf YouTube. Eine halbe Milliarde! Die Weltbevölkerung besteht aus ein bisschen mehr als sechs Milliarden Menschen. Wenn man alle, die keinen Strom und keinen Computer haben, herausnimmt, bleiben ungefähr drei Milliarden. Aus den Verbliebenen nimmt man jetzt die Menschen mit streng religiösen Ansichten, die sich keine Unterhaltungsprogramme anschauen dürfen noch mal heraus und es bleiben zwei Milliarden. Und eine halbe Milliarde Mal ist dieses Video schon angeschaut worden! Das ist eine große Leistung, das sind vermutlich sogar mehr als bei der Beatlemania. Damals musste man zumindest Englisch können, jetzt braucht man nur wie ein Pferd zu springen und so tun als würde man koreanisch rappen.

Ob sie in Nordkorea auch wie Pferde herumspringen? Stellt euch Millionen von menschlichen Tanzpferden auf den Straßen von Pjöngjang genauso wie in Seoul vor. Vielleicht kann der Pferdetanz zur Wiedervereinigung der zwei Koreas beitragen? In der Vergangenheit brachte ein Fehler eines ostdeutschen Politikers die Berliner Mauer zum Einsturz und leitete die Wiedervereinigung Deutschlands ein. Wir können jetzt träumen, dass der Pferdetanz zur Vereinigung des am längsten getrennten Volkes der Welt beitragen wird.

Ich wollte eigentlich analysieren, warum die Nachbarskinder zu Zombies geworden sind und habe mich dabei selbst in einen Zombie verwandelt. Korea mag sich vielleicht nicht wiedervereinigen, aber das Springen wie ein Pferd ist auf jeden Fall gesünder als das Schreien von Zitaten von Kim Il Sung. Außerdem naht der Winter – springt und wärmt euch! Aber bis der Winter endgültig da ist, ist „Gangam Style“ schon vorbei. Sic transit gloria mundi!

Dancing in the Rain

„Man sieht so viele lächelnde Menschen auf den Straßen dieser Stadt, ich fühle mich wie neugeboren!“ Denitza und ich gingen durch die Wiener Straßen spazieren und sie hörte nicht auf, die Stadt, die ich seit sieben Jahre mein Zuhause nenne, zu loben. „Gestern haben mir einige Bauarbeiter auf der Straße nachgepfiffen“, erzählte sie fröhlich. „Seit zwei Jahren pfeift mir zum ersten Mal jemand nach!“ In den letzten zwei Jahren hatte Denitza in der belgischen Stadt Gent gelebt und gearbeitet und das Wiener Balkanflair gab ihr ein Gefühl von Heimat, das sie im weit entfernten Flandern nie gespürt hatte. Das ist schön, dachte ich mir. Endlich jemand, dem ich nicht erklären muss, dass die

Österreicher ganz nette Leute sind, die das aber ganz gut verstecken.

Der kalte Herbstwind trieb uns dazu, Unterschlupf in einer der Bars in der Nähe des Karlsplatzes zu suchen. Wir bestellten uns Bier. „Es ist nicht wie das belgische", sagte ich entschuldigend. Denitza war das völlig egal. Sie war in ein Gespräch vertieft. Die Frisur und die Kleidung ihres Gesprächspartners ähnelten unglaublicherweise, der vom netten Obdachlosen Onkel Ivtscho, dem ich früher mit einer Plastiktüte in der Hand, gefüllt mit Leerflaschengut, oft auf meiner Sofioter Straße begegnet bin. Das Smartphone auf das unser neuer Freund regelmäßig einen Blick warf, machte mir aber deutlich, dass er sich wohl nicht mit der Rückgabe von Flaschen beschäftigte. Er machte sicherlich experimentelle Filme, baute Installationen oder war mindestens ein moderner Poet.

Ich trank ruhig mein Bier und lächelte gelegentlich Denitza und ihrem neuen Freund zu. Der DJ legte mit voller Kraft seine Mischung aus Bum-Bum und Piu-Piu auf. Draußen fing es an zu regnen. Ich beobachtete die Regentropfen durch das Fenster und stellte mir vor, wie sie zur Technomusik tanzten. Jedes Mal, wenn der Rhythmus stärker wurde, glaubte ich, dass es schneller regnete. Während ich so durch das Fenster schaute, leerte sich mein Bier. Ich nickte Denitza und dem Künstler zu und ging in Richtung Bar. Ich hasste die Maße, in denen in Westeuropa Spirituosen ausgeschenkt wurden. Wie konnte ein großer Whiskey nur 0,4 cl enthalten? Außerdem bekamst du ihn in einem Glas, in dem die Türken normalerweise ihren Tee trinken. Nach einem Seufzer bestellte ich mir noch ein Bier. Es ist nicht wie das belgische, aber es wird schon passen.

Ich ging zurück zum Tisch. Denitza war auf die Toilette gegangen. Der Künstler begrüßte mich mit einem Pfeifen. So ähnlich stellte ich mir das Pfeifen nach Denitza von der Baustelle vor. Ich wusste nicht, ob dieses Pfeifen auch so gemeint war. Denitza kam erfrischt und fröhlich zurück.

„Lass uns tanzen!“, sagte sie. „Nein“, sagte ich, „ich tanze lieber unterm Regen!“ Sie lachte. Dann küsste sie unseren neuen Freund auf die Wange und gab ihm mein Bier. „Trink dieses Bier auf unser Wohl!“, sagte sie noch.

Der Regen war kalt, aber wir sangen und tanzten. Ein Polizist schaute uns verwundert an. „We are just singing and dancing in the rain!“, erwiderten wir mit einer Stimme. Wir waren ja in Wien – der Stadt des Tanzes.

Back in Berlin

Am „Checkpoint Charlie“ stand ein künstlich aussehender amerikanischer Soldat. Der Wind wehte durch seine Winteruniform. „Hello!“, sagte ich zu ihm. „Hello!“, erwiderte er. Jeder Versuch, ein Gespräch mit ihm auf Englisch zu führen, blieb ohne Ergebnis. Er kannte nicht mehr als zehn englische Wörter, hieß Ahmed und kam aus der Türkei.

Das ganze Geschäft rund um den „Checkpoint Charlie“ gehörte den Ausländern. Rumänische Roma verkauften russische Mützen, Schulterstücke und Aufnäher aus der Zeit des Kalten Krieges. Die meisten von ihnen waren so jung, dass es mir unmöglich erschien, dass sie sich an die Zeit erinnerten. Das Leiden der Vergangenheit war ein Marketingprodukt geworden. Aber Geschäft war Geschäft.

Ich war zum ersten Mal seit mehr als zehn Jahren in Berlin. Ich brauchte kein GPS. Der Fernsehturm am Alexanderplatz zeigte mir den Weg. Wenn ich ihn sah, fühlte ich mich wie zu Hause. In Berlin hatte ich Deutsch gelernt. Hier sah ich zum ersten Mal in meinem Leben eine Bombe. Vor meiner Schule wurde die Straße aufgegraben und in der Erde wurde eine englische Bombe aus dem Zweiten Weltkrieg gefunden. Zusammen mit der Bombe fand man einen mit Schwänen dekorierten Bettrahmen und eine Puppe aus Zelluloid. All das lag unter der Erde seit 1945. Sein Erscheinen ist ein gesetzmäßiger Zufall gewesen. Zufall, weil gerade an dieser Stelle die Gasleitung ausgewechselt werden sollten. Gesetzmäßig, weil jede Welt, die unter der Erde liegt, irgendwann gefunden werden soll.

In Berlin hieß mich mein Freund Chicky willkommen. Ich hätte mir ja nie vorgestellt, dass ich mal Chicky in Berlin besuchen würde. Er war ein tätowierter bulgarischer Punker mit dem Aussehen eines Auftragskillers und der Seele eines Lamms. Vor zwei Jahren erkannte er, dass er Bulgarien satt hatte, nahm seine Sachen und fuhr nach Berlin. Chicky war ein sehr guter Schweißer. Er war gefragt, arbeitete viel und fühlte sich super in Deutschland. „Wenn ich morgens zur Arbeit fahre, riecht mein ganzes Viertel nach Kuttelflecksuppe!", lobte Chicky seinen neuen Wohnort. „Ich fühle mich ganz wie zu Hause!" Chicky wohnte in Kreuzberg, ganz nah am Checkpoint Charlie.

Wir gingen uns Bier kaufen. Ich erzählte ihm, was ich gelesen hatte: dass Berlin das neue Zentrum linker, elektronischer, artistischer Hipster-Kultur sein solle. Und fragte Chicky, ob er mir diese Seite von Berlin zeigen könne. Er antwortete mir nach kurzem Überlegen: „Ich kann dir mindestens sechs solche Lokale zeigen, aber das Problem ist, man lässt mich dort nicht rein! Aber lass uns irgendwo Bier trinken, wo es normal ist." Wir kauften uns Bier an einem Kiosk nahe der U-Bahn Station. Es war saukalt. Chicky lächelte mich an. „Das gute an Berlin ist, dass dein Bier niemals warm werden kann!"

Bald kamen wir zu dem Haus, wo ich vor zehn Jahren gewohnt hatte. Ein Gebäude aus Ostberliner-Zeiten. Rundum stand die Zeit still. Hier irgendwo steckten zwei Jahre aus meinem Leben. Verlorene oder gewonnene? Ich wusste es nicht. Ich lächelte das Haus an und machte mich bereit für den Rückweg nach Wien.

Stalker

Letzte Woche starb der große russische Schriftsteller Boris Strugatzki. Ich fühle mich, als ob jemand, der mir persönlich sehr nahe steht, gegangen ist.

Ich bin mit den Büchern der Strugatzki-Brüdern aufgewachsen (der andere Bruder, Arkadij, starb 1991). Ihr erstes Buch – es war groß und gelb – fand ich in unserer Familienbibliothek. Die Gewerkschaft hatte es meinem Opa aufgrund irgendeiner Feier geschenkt. Die kommunistische Propaganda versuchte, Strugatzki-Bücher zu verwenden, ohne zu verstehen, dass sie jeden ideologische Rahmen sprengen.

Obwohl die Handlung in den Büchern von Strugatzki sich auf anderen Planeten und in parallelen Welten abspielt, kann man ihre Protagonisten überall um uns herum finden. Außerdem ist die Handlung so spannend, dass sie den Leser ab der ersten Seite an der Kehle packt und ihn bis zum Ende nicht loslässt.

In diesem dicken gelben Buch war die Novelle „Picknick am Wegesrand". Für viele Menschen überall auf der Welt ist das ein Kulttext. Der geniale Regisseur Andrej Tarkowski drehte darüber seinen Film „Stalker". In diesem Buch begeben sich Männer unter Lebensgefahr in ein Territorium außerirdischer Besucher, genannt die „Zone". Sie bringen aus der „Zone" außerirdische Artefakte mit, die sie danach auf dem Schwarzmarkt verkaufen, um zu überleben. „Die Zone" unterscheidet sich auf den ersten Blick nicht von irgendeiner anderen Gegend auf der Welt, das einzige was fehlt, sind die Menschen.

Es fällt mir nicht schwer, mir die „Zone" vorzustellen. Meine Familie hat ein Haus in einem Balkandorf. Am Eingang des Dorfs hieß uns das Gebäude einer ehemaligen Fabrik für feuerfeste Materialien willkommen. Welcher Idiot entschieden hatte, so eine Fabrik in einem Dorf zu bauen, wo es weder die Bodenschätze, noch qualifiziertes Personal gibt, bleibt mir ein Geheimnis. Mit dem Einstürzen des kommunistischen Systems wurde die Fabrik geschlossen. Langsam wurden ihre Wände von Efeu und Wildminze erobert. Aber sie sah immer noch so aus, als ob die Kamine jeden Moment wieder zu rauchen beginnen könnten. Fast so, als ob eine außerirdische Kraft plötzlich die Menschen aufgesaugt hätte.

Das war unsere „Zone“. Mein Bruder und ich schlichen uns hinein, wie die Stalker. Wir fanden Gegenstände aus einer anderen Epoche, die wir wie wertvolle Schätze hüteten. Das alles verlief nicht ohne komische Ereignisse. Einmal fanden wir in der Zone ein Lenin-Porträt und gingen mit ihm durch das Dorf spazieren. Einige der Dorfbewohner sahen uns und klatschten in die Hände. Andere drohten uns Prügel an. Wie ich euch gesagt habe, war die Zone ein Abenteuer.

Heute ist meine Heimat voll mit solchen „Zonen“. Verlassene Fabriken, Denkmäler und kooperative Agrarbünde gibt es überall. Die Menschen sind daran gewöhnt und bemerken sie gar nicht mehr. Unsere „außerirdische“ Vergangenheit existiert ruhig in unserer Gegenwart. „Die Zonen“ sind Denkmäler der Ungewissheit geworden: Wie gehen wir unsere Zukunft mit unserer Vergangenheit auf dem Rücken an?

Es herrscht ein Paradoxon. Der Stalker kann nicht leben, ohne die Zone zu betreten. Sie ist seine Liebe und sein Fluch. Ich kehre auch immer wieder in meine Zone zurück. Und bringe meine „außerirdischen“ Geschichten mit, um sie auf dem Markt zu verkaufen.

Die Strugatzki-Brüder sind im Himmel. Sie sitzen auf dem schon 1977 nach ihnen benannten Planeten. Und sie zwinkern mir zu. Oder vielleicht sind das nur Wolken, die gerade vorbeiziehen.

Gute Ausländer, schlechte Ausländer

„Und ihr Bulgaren seid nicht so wie die Rumänen, ihr integriert euch besser, nicht wahr?" Es war saukalt. Der Winter war wieder da. Schleichend langsam, ganz unauffällig, ähnlich wie meine Oma, die sich in meiner Schulzeit vorsichtig an meine Zimmertür geschlichen hatte, um zu erfahren, was ich da drinnen Geheimes treibe, ist schon wieder der Winter gekommen. Die graue Industriezone Wiens saust am Autofenster vorbei. Ich saß mit meinem neuen Kollegen Lukas im Auto.

Lukas war ein Ur-Wiener aus Floridsdorf, was er am heutigen Tag schon mindestens viermal betont hatte. Er sollte mich für meinen neuen Job schulen. Ich verkaufte Pay TV Abos. Dabei besaß ich gar keinen Fernseher. Seit Jahren war ich von der Überflüssigkeit dieses Gerätes überzeugt. Wer die Champions-League gewann, oder wie die neue Serie mit Charlie Sheen so war, war mir absolut egal. Ich lebte ganz gut, ohne meinen Organismus mit diesen Informationen zu belasten. Jedoch sollte ich jetzt die Bevölkerung unterschiedlicher Wiener Vororte überzeugen, wie wunderschön es wäre, täglich zum Feierabend in das wunderbare Meer von Sport, Serien, Blockbustern, Nachrichten und was weiß ich noch, einzutauchen. Was soll's, Geld war Geld und ich hatte momentan keines. Holt euch Pay-TV! Alles, was in eurem Leben fehlt, bekommt ihr von uns! Und wenn ihr gleich bestellt, bekommt ihr einen Receiver in den Farben eures Lieblingsfußballvereins und eine Charlie-Sheen-Puppe, die die Vereinshymne mitsingt!

„Und, integriert ihr euch, wollte ich wissen?" Ich hatte die Frage von Lukas überhört. Ich sollte mich nicht so sehr in die Verkaufsstrategien der Firma vertiefen. „Ähm", antwortete ich, „du kannst die Bulgaren durch nichts von den Österreichern unterscheiden, ich kenne einige, die sogar jodeln." Lukas schaute mich verblüfft an und drehte den Fernseher in seinem Auto leiser. „Weil über die Rumänen habe ich nur Schlechtes gehört, mein Papa ist bei der Polizei." „Wir haben nichts mit diesem verbrecherischen Gesindel zu tun, wir sind ganz anders", antwortete ich und versuchte, das Thema zu wechseln. „Wirst du nicht abgelenkt davon?", fragte ich und zeigte auf seinen Autofernseher, wo gerade Charlie Sheen unter Hintergrundgelächter etwas sehr Lustiges erzählte. „Nein", sagte Lukas, „ohne das kann ich keinen Stau überstehen."

Wir hatten Wien schon erreicht. Der Wind blies unermüdlich weiter und draußen schien es ganz kalt zu sein. „In welchem Bezirk wohnst du denn?", fragte Lukas. „Im zwölften", sagte ich. „Oh, ganz schlimm, ganz schlimm, zu viele Ausländer dort." Dazu sagte ich nichts. Ich dachte an meine türkischen Nachbarn und ihre leckeren Baklavas, die sie gerne mit unserer WG teilten. Ich dachte an die fast neunzigjährige Oma Slavica und ihre geübten Bewegungen, mit denen sie das Stiegenhaus kehrte, als ob sie ihr Geburtshaus in der Nähe von Pozarevac sauber machte.

Plötzlich fühlte ich mich, als ob ich ersticken müsste. Charlie Sheen erzählte wieder mal einen Witz. Das Hintergrundgelächter pulsierte in meinem Kopf, wie Tausende Ameisen, die in meinem Gehirn krabbelten. „Du kannst mich auch hier rauslassen", sagte ich zu Lukas, „in der Nähe wohnt mein Bruder." „Ist dein Bruder auch Bulgare?", fragte er. „Nein, er kommt vom Sirius." Ich schaffte es, irgendwie zu antworten.

Ich stieg aus dem Auto aus. Der Wiener Winterwind umarmte mich mit seinen kalten Händen. Das Auto fuhr los. Ich versuchte Lukas zuzuwinken und zu schreien: „Mein Opa war Rumäne. Ein Rumäne in Bulgarien. Er hat sehr gut gekocht. Heute kocht er für alle im Himmel. Sogar für die Österreicher. Falls sie sich trauen aus seinem Topf zu essen!"

Letzte Kolumne vorm Weltuntergang

Vor einiger Zeit kam meine damalige Freundin Vyara sehr aufgeregt zu mir: „2012 ... die Maya ... Dezember ... Weltuntergang." „Warte mal, welche Maja?", fragte ich. Ich konnte mich an keine Maja erinnern, die meine Beziehung in Gefahr bringen könnte.

Nachdem sich Vyara beruhigt hatte, erzählte sie mir, dass die Lehrerin, bei der sie Deutschunterricht nahm, vom Weltuntergang besessen war. Sie habe die ganze Zeit vom Mayakalender geredet, auf Deutsch und auf Bulgarisch. „Dann lern Deutsch und dann kannst du den Mayakalender auch verstehen", versuchte ich zu scherzen. „Wozu Deutsch, wenn die Welt bald zugrunde gehen wird?"

Vyara war sehr besorgt. Sie saß zusammen mit Frau Petkova in ihrer kleinen Wohnung in einem Plattenbausarg und statt Verben zu konjugieren und die wunderbare Welt des Konjuktivs zu erforschen, bereitete sie sich fürs Armageddon vor. Frau Petkova war auf alle möglichen Varianten vorbereitet. Für den Fall, dass eine neue Eiszeit die Welt beherrschen sollte, hatte Frau Petkova ihr ganzes Badezimmer mit Hackholz gefühlt. Sie hatte außerdem eine scharfe Axt und einen detaillierten Plan zum Fällen der Bäume im gegenüberliegenden Park. Sie besaß zudem ein aufblasbares Gummiboot, um sich vor einer eventuellen Sintflut zu retten.

Meine Freundin bekam genaue Anweisungen, wie sie das Boot ausklappen und aufblasen sollte. Frau Petkova war ganz sicher, dass sie für die Rolle des neuen Noj bestimmt war. Leider konnte sie in ihre „Arche" als einziges Tier lediglich ihre dicke persische Katze mitnehmen. Ich habe Vyara gesagt, dass sie nächste Woche nicht zum Unterricht gehen solle. Da war die Anprobe eines ABC-Anzuges geplant, falls uns der 21. Dezember mit einem Feuerregen überraschen sollte. Ich hatte auch ein gutes Argument. Wenn Frau Petkova so vom Weltuntergang überzeugt war, warum nahm sie dann überhaupt noch Geld fürs Unterrichten?

„Keine Sorge! Wenn Außerirdische kommen sollen, die landen immer zuerst in Amerika. Hier in Bulgarien kommen die Dinge immer mit Verspätung an. Sowohl die Guten, als auch die Schlechten." So endete unser Gespräch.

Diesen Freitag fahre ich nach Sofia. Ich frage mich, ob ich mich nicht unbewusst in Richtung Osten bewege, um weiter weg von Amerika zu sein? Ich weiß auch nicht, wo Vyara ist. Vielleicht hat sie immer noch die Nummer von Frau Petkova, dieser postapokalyptischen Frau Robinson, und ich kann ihr Freitag werden. Ich habe schon eine Fahrkarte für den Bus. Falls doch das Ende der Welt kommt, wenn ich gerade irgendwo zwischen Novi Sad und Belgrad bin, und dies meine letzte Kolumne sein sollte, will ich noch etwas klarstellen: Ich liebe euch alle, die das lesen, hören und kommentieren: die, die mich mögen, die, die auf mich schimpfen und die, die ich absolut nicht verstehe. Falls wer die Nummer von Bruce Willis hat, dann her damit! Sonst bleibt mir nur Frau Petkova. Und wenn das Ende der Welt doch nicht kommt, dann bis nächste Woche!

Die Seele des Soldaten

Unser Bus hängt schon die dritte Stunde an der serbisch-ungarischen Grenze fest. Ich glaube, dass die ungarischen Grenzwärter jedes Mal absichtlich die Busse aus Bulgarien aufhalten. Sie sind ja die Außengrenze des Schengenraums ... Wir werden nicht durchsucht, wir sitzen und warten nur seit einer kleinen Ewigkeit.

Ich will hinauslaufen und schreien, dass die Bulgaren ihr Blut auf diesen Feldern vergossen haben, um die Nazis zu verjagen, und wir jetzt in der Kälte warten müssen. Das interessiert aber niemanden, außerdem wird mir keiner glauben. Es ist aber die Wahrheit! Im späten Herbst 1944 kämpfte die bulgarische Armee auf ungarischem Territorium. Die bulgarische Regierung hatte ihrem früheren Verbündeten, Hitlerdeutschland den Krieg erklärt.

Vor einigen Tagen war ich in dem Balkandorf Lometz, wo meine Familie ein Haus hat. Einer unserer Nachbarn hat erfahren, dass ich bald mit dem Bus nach Wien fahren werde. „Sei achtsam, wenn du durch Ungarn fährst! Da liegt mein Vater!“, sagte er zu mir. Der Nachbar Minko hat sein ganzes Leben der Suche nach dem Grab seines Vaters gewidmet. Zuerst hat er nach noch lebenden Soldaten aus Vaters Regiment gesucht. Er hat auch einige gefunden, konnte aber das Bild vom Tod des Vaters nie ganz fertig kriegen. Einer erzählte ihm: „Am Abend zuvor haben wir unser Abendessen bekommen. Dein Vater gab mir Salz. Er holte es aus seinem Säckchen heraus. Es gab nie genug Salz an der Front. Und ohne Salz kannst du nicht gut essen. Das war sein letztes. Morgen Abend gebe ich dir Salz, sagte ich. Es gab aber kein morgen Abend.“ Minko erfuhr die Geschichte mit dem Salz, konnte sich aber die letzten Stunden seines Vaters immer noch nicht gut vorstellen. Deshalb suchte er den Regimentsoffizier.

Der alte Oberleutenant konnte sich erinnern, wie er einen Brief an die Verwandten des Toten geschrieben hatte. An seinen Tod aber erinnerte er sich nicht mehr. „Alle sind zusammen im Krieg, aber jeder stirbt alleine“, sagte er. Minko konnte nicht herausfinden, wie sein Vater gestorben war. Ich fragte ihn, ob er sich an seinen Vater erinnern kann. Nein. Nicht ein Foto ist von ihm übriggeblieben. Er erinnert sich nur, dass, als sein Vater mobilisiert wurde, das Wetter sehr warm war. Als die Nachricht von seinem Tod kam, war es schon kalt. Keiner im Dorf wollte die Nachricht übermitteln. Weder der Bürgermeister, noch der Postbote. Sie gaben den Brief dem Dorftrottel, der ihn endlich überbrachte. Ein Brief, eine Urkunde und eine Medaille, die der Vater nach seinem Tod bekommen hatte.

Gegenüber seinem Haus hat Minko zur Erinnerung an seinen Vater einen Brunnen gebaut. „Die Menschen kommen, setzen sich, trinken Wasser und reden gut über mich und meinen Vater.“ „Schau genau, wenn du durch Ungarn fährst, dort ist die Seele meines Vaters.“ Jetzt will ich ihm sagen, dass die Seele seines Vaters viel mehr in ihm lebt, als in den kalten Gesichtern von diesen verdammten Grenzwärtern, die uns schon drei Stunden terrorisieren. Unser Bus fährt endlich los durch die erfrorenen Ebenen Südungarns. Meine Mitfahrer, eine Brigade von Bauarbeitern, die morgen an den Baustellen Westeuropas sein sollen, schlafen friedlich. Ihre Smartphones, die bis vor Kurzem fröhliche Popfolkmusik versprudelt haben, sind endlich still. Ich versuche durch die Dunkelheit auf der anderen Seite der Fensterscheibe etwas zu erkennen. Das einzige, was ich sehe, ist das Spiegelbild meiner Augen.

Homo Ridens

Ich war neulich bei meiner Freundin Martha eingeladen. Nach dem leckeren Essen bekam jeder einen Kaffee serviert. Geschickt wie ich bin, passierte auch diesmal etwas und ich kippte meine Tasse in meinen Schoß. Ich weiß nicht, ob euch schon so was passiert ist. Es ist nicht sehr angenehm. Während ich wie ein Wahnsinniger herumsprang, lachten alle in meiner Umgebung aus vollem Hals. Vielleicht dachten sie, ich simuliere wie ein Fußballer, der einen Elfmeter herausschinden möchte. Ich hasste sie alle, aber da mir nichts Besseres einfiel, fing ich auch an zu lachen. Ihr kennt wahrscheinlich solche Situationen, wo die Menschen vom Lachen der anderen angesteckt werden. Ich habe nie so viele laut lachende Menschen gesehen.

Plötzlich klopfte irgendwer an die Tür. Die Gastgeberin öffnete die Tür. Die Polizei war da. Jemand von den Nachbarn hatte sie angerufen, weil wir zu laut waren. Da ich mich verantwortlich fühlte, wollte ich den netten Polizisten erklären, was passiert war. Die anderen zogen mich aber zurück. Als ich meine Hose im Spiegel sah, wusste ich, warum: Mit diesem Kaffeefleck auf der Hose sah ich nicht sehr ansehnlich aus. Ich dachte für einen Moment, dass Woody Allen in dieser Situation den Mann mit dem Kaffeefleck sofort an die Haustür gehen lassen würde. Dann hätten auch die Polizisten zu Lachen angefangen. Das passiert, aber nur im Kino. Ich erzählte den anderen, wie die Polizisten lachen würden. Alle lachten wieder. Außer der Gastgeberin. Sie kam mit finsterer Miene zurück. „Entschuldigung, aber ihr solltet jetzt alle gehen, ich will keine Probleme mit der Polizei.“ Die Party wurde an der lustigsten Stelle abgebrochen und wir mussten alle in die Kälte hinaus.

Ich habe mehrmals erlebt, dass die Polizei zu Partys kam. Oft sind meine bulgarischen Freunde schuld. Wir sind keine bösen Leute, wir haben nur ein Gemeinschaftsgefühl. Wenn ihr einen Bulgaren zu eurer Party einladet, dann bringt er mindestens noch zwei mit. Und sie bringen noch zwei. Die Bulgarenanzahl wächst langsam aber sicher. Irgendwann hört man die bulgarische Sprache von allen Seiten. Vielleicht fühlen wir uns so sicherer. Ob sich die anderen auf der Party auch sicher fühlen, weiß ich nicht. Man hört von den anderen Gästen oft das Wort „Balkanmafia“. Na ja, die Bulgaren sind üblicherweise laut, tanzen viel und trinken alles aus, aber deswegen sind wir ja zur Party gekommen. Die Bulgaren sind „zum Lachen begabte Menschen“, wie die Philosophen gesagt haben. Bis die Polizei kommt.

Das vereinte Europa ist also noch sehr zerbrechlich. Man darf nicht zu laut lachen. Denn die Nachbarn könnten die Polizei holen.

Brief an den Premierminister

Diesen Sommer reisten wir mit meinem Bruder per Anhalter durch Bulgarien. Wenn man jung und nicht in Eile ist, ist das vielleicht der beste Weg zu reisen. Man trifft alle möglichen Gestalten. Das einzige Problem ist, dass man manchmal sehr lange warten muss. Wenn man als Warteplatz eine Tankstelle oder ein Wald erwischt, ist es gut, aber manchmal gibt es einfach keinen Platz, wo man sich vor der Sonne oder vom Regen verstecken kann.

Es waren dreiunddreißig Grad im Schatten. Wir warteten schon mehr als zwei Stunden. Die Sonne hatte uns so aufgebacken, dass wir wie die Protagonisten aus „Slumdog Millionaire" aussahen. „Wer wird wohl zwei Inder nehmen?", fragten wir uns. Im gleichen Moment hielt ein weißer Minivan mit britischem Kennzeichen und mit dem Lenkrad auf der „falschen" Seite. „Hey guys, springt rein", hörten wir von innen in einer seltsamen Mischung aus Bulgarisch und Englisch.

Unser Retter war George aus Southhampton. George sah aus wie ein Schläger aus einem Guy Ritchie Film. Mit kahlem Schädel, fehlendem Nacken, tätowiert von den Wangen bis zu den Zähen und mit nur einem Zahn im Mund. George gab ohne große Bedenken zu, dass er ein Drogendealer in Pension war. Jetzt versteckte er sich vor dem britischen Gesetz in einem bulgarischen Dorf, wo er Hühner und Puten züchtete. Unser neuer Freund ließ uns wieder an einer Abzweigung raus. Danach warteten wir weitere drei Stunden. Wie können uns immer noch an George und seine Gutmütigkeit erinnern. Ob er in England auch so gutmütig war, weiß ich nicht. In den letzten Jahren haben sich viele Engländer in Bulgarien angesiedelt. Manche kandidieren sogar als Bürgermeister in ihrer neuen Heimat. Wenn sie Bulgaren sein wollen: Welcome!

Niemand in Bulgarien hat Angst vor dieser Invasion der Briten. Auf der Insel aber wird die Bevölkerung vor Rumänen und Bulgaren gewarnt. Der Bürgermeister von London sagte, man erwarte viele schlaflose Nächte, wenn die Bulgaren und die Rumänen in die britische Metropole kommen. Die konservative Regierung schwört, dass die Öffnung des Arbeitsmarktes für bulgarische und rumänische Staatsbürger am 1. Jänner 2014 die britische Wirtschaft vernichten wird. Diese Ängste werden 2014 zu einer Volksbefragung für den Verbleib Großbritanniens in die EU führen.

Ich will jetzt David Cameron, was die Bulgaren angeht, beruhigen. Er ist ein Finanzexperte, deshalb verwende ich Zahlen. Die Bevölkerung von Bulgarien beträgt momentan ein bisschen mehr als sieben Millionen Menschen. Wenn man die drei Millionen Pensionisten und die eine Million der Nicht-Volljährigen wegrechnet, bleiben drei Millionen Menschen im arbeitsfähigen Alter. Wenn man von denen die Nationalisten, die EU-Gegner sind und niemals Bulgarien verlassen wollen, subtrahiert, bleiben zwei Millionen.

Wir nehmen jetzt an, dass alle diese zwei Millionen zu emigrieren versuchen. Traditionell bevorzugen bulgarische Arbeiter Italien und Spanien, weil dort das Klima warm ist und sie an ihr Heimatland erinnert werden. Bleibt also eine Million. Noch beliebter als England ist bei Bulgaren allerdings Deutschland, da die beiden Länder traditionell gut miteinander auskommen. Sagen wir also nach Deutschland geht eine halbe Million. Es bleiben fünfhunderttausend. Die Hälfte davon träumt von den USA. Es bleiben zweihundertfünfzigtausend. Wenn man von denen die subtrahiert, die bei Polizei und Verwaltung beschäftigt sind und ein sicheres Einkommen haben, bleibt absolut niemand, der nach England will! Sei beruhigt Cameron! Jeder, der Bulgarien verlassen wollte, hat es schon getan. Außerdem wer soll jetzt bei euch die Erdbeeren pflücken, wenn es kein Brite machen will?

Jetzt aber ernsthaft: Im Kern der britischen Ängste geht es vor allem um die Roma in Bulgarien und Rumänien – obwohl das niemand der britischen Politiker so formulieren würde. Seit Jahren wird Osteuropa von der EU und von diversen NGOs wegen Diskriminierung der Roma beschuldigt. Die Wahrheit ist, dass die Intoleranz gegenüber der Romabevölkerung in den alten EU Mitgliedsstaaten viel größer ist. Beispiele wie Frankreich und Italien, die Tausende von Roma abgeschoben haben, belegen das.

Die offiziellen Statistiken der EU zeigen es auch: Die Toleranz gegenüber den Roma in Bulgarien, Rumänien oder der Slowakei ist viel größer als die von den Franzosen, Spaniern, Belgiern oder Briten. Eine rumänische PR-Agentur antwortete auf die in der britischen Presse geführte Antiwerbung für Bulgarien und Rumänien mit dem Satz „Achtzig Prozent unserer Bevölkerung spricht besser Englisch als jeder Franzose".

Niemand in Europa liest aber rumänische Medien. Stattdessen lesen sie die Äußerungen von Cameron und wie sich HC Strache mit dem Premierminister solidarisch zeigt. Als ich mich neulich für einen Job beworben habe, fragte mich mein Chef zehnmal, ob ich ein Asylbewerber sei. Ich sagte zu ihm, dass er mich wie einen Dänen oder einen Franzosen betrachten könne. Danach hob er nur seine Augenbrauen. Er kannte auch nicht die rumänischen Medien und war nie per Anhalter mit George aus Southhampton gereist. Aber vielleicht passiert ein Wunder und David Cameron liest diese Zeilen. Und dann verschwindet der Fremdenhass auf einmal. „Imagine", sang einst der Brite John Lennon.

Happy Trifon Saresan!

Wir hatten Geld für ein Taxi. Trotzdem liefen wir zu Fuß von Goldstrand bis Varna. Es ist besonders romantisch, in diesen warmen Sommernächten spazierenzugehen. Die warme Luft zu spüren, die dich sanft streichelt. Die Wärme des Bodens mit deinen nackten Füßen aufsaugen. Eine vollkommene Idylle.

Völlig im Einklang mit dem ganzen Bild war der besoffene deutsche Tourist. Er saß am Gehsteig und wiederholte mit einem glücklichen Lächeln im Gesicht immer wieder die gleichen Sätze. „Ah Grosdova Rakija! Ah Schopska Salata!“ Das war ein Dithyrambus zu bulgarischem Traubenschnaps und dem dazugehörigen Salat. Wir schlugen vor, ihm zu helfen sein Hotel zu finden, aber er wollte bleiben wo er war. Während wir uns entfernten, hörten wir ihn weiter über den Traubenschnaps predigen.

Das passierte vor dem Restaurant „Trifon Saresan“ auf dem Weg zwischen Goldstrand und Varna. Nichts ist zufällig! Laut der orthodoxen Tradition ist der heilige Trifon der Schutzpatron der Weinzüchter und der Kneipenwirte. Man nennt ihn „Saresan“, was so was wie der „Abgeschnittene“ bedeutet, und das aus zwei Gründen: Der Erste ist realistisch – an diesem Tag beginnt das Frühlingsabschneiden der Weinreben. Der Zweite ist legendär: Der Heilige Trifon war gerade in seinem Weingut und schnitt die Reben mit einer Sichel. Die Hl. Maria ging vorbei und sagte zu ihm: „Pass mit der Sichel auf, sonst schneidest du dir die Nase ab!“ „Wie denn“, erwiderte der Hl. Trifon, „ich fuchtle mit der Sichel doch nicht vor meinem Gesicht herum!“ Und um zu zeigen, was er mit der Sichel nicht machte, tat er genau das – er fuhr mit ihr vor sein Gesicht ... und schnitt seine Nase ab.

In dieser halbchristlichen, halbheidnischen Legende gibt es nur eine Moral: „Widersprich nie der Mutter Gottes!“ Da sich die Menschen nicht mit den Gottesgesetzen abgefunden haben und wegen ihrer Geldgier wurde das Gelände rund um das ehemalige Restaurant „Trifon Saresan“ völlig verbaut. Die Erde hielt nicht und das Restaurant mit allen Gebäuden rundherum rutschte ins Meer. Das ist aber ein anderes Thema.

Sprechen wir über etwas Lustigeres. Es soll ja mit dem Wein verbunden sein. Und mit dem Feiertag der Verliebten. Am 14. Februar feiert man – durch den Einfluss der amerikanischen Kultur – auch in Bulgarien neben Trifon Saresan den Valentinstag. Viele verliebte Paare schenken sich etwas. Zum Glück feiert meine liebe M. den Valentinstag nicht. Ich bin sehr schlecht beim Geschenke auswählen. Und ich bin nicht der Einzige!

Ein befreundetes Pärchen, Hristo und Nevena, hatte das gleiche Problem. Nevena hatte in den USA studiert und bestand sehr auf den Valentinstag. Außerdem war sie sehr pragmatisch. Sie schlug vor, dass jeder dem anderen das schenke, was er sich selber wünsche. Nevena schenkte Hristo ein „Chanel No. 5" und er ihr einen Neoprenanzug. Ob sie immer noch zusammen sind, weiß ich nicht.

Beim Trifon Saresan ist es viel leichter. Da wird nur Wein und Schnaps (aus)geschenkt. Und getrunken. Für gute Gesundheit! Da die Bulgaren sehr auf ihre Gesundheit achten feiern sie Trifon Saresan zwei Mal im Jahr, einmal nach dem dem julianischen (2. Februar) und das zweite Mal nach dem gregorianischen (14. Februar) Kirchenkalender.

Zurück zum hl. Trifon. Nach ihm benannt wurde der in Österreich bekannte bulgarische Fußballer Trifon Ivanov. Ihr erinnert euch, wie er ausgeschaut hat, oder? Ich glaube sein Anblick erzählt alles über Trifon Saresan, den Wein und auch die Liebe! Zu allen Verliebten – Prost!

Woman is the nigger of the world

Woman is the nigger of the world
Yes she is ... if you don't believe me,
take a look at the one you're with
Woman is the slave to the slaves
Yes she is ... if you believe me,
you better scream about it

Das sang mir neulich meine liebe M. vor, als sie neulich nach Hause kam. Sie singt nicht sehr gut. Der Song ist von John Lennon und stammt aus dem Jahre 1972. Es wird immer noch gestritten, ob tatsächlich John oder nicht doch Yoko den Song geschrieben hat. Die Feminismusdebatte ist so alt wie die Frage von Henne und Ei. Bei mir zu Hause ist es auch so.

Vorgestern ging M. am Praterstern spazieren. Zwei betrunkene Burschen, angezogen mit Lederhosen der österreichischen Trachten, liefen ihr nach und irgendwann begrapschten sie sie am Po. Anfangs konnte sie nicht glauben, dass ihr das gerade in Wien passieren konnte, aber es gab sogar Zeugen. „Sie waren ja betrunken, sie haben es nicht so gemeint", versuchte ich sie zu beruhigen. „Siehst du, du bist auch kein echter Mann, wenn du sie verteidigst!" Ich verteidige sie nicht, ich versuche sie nur zu verstehen. Meine Freundin aber glaubte, wenn ich ein echter Mann wäre, würde ich laut mit der Faust auf den Tisch klopfen und bestätigen, dass Frauen recht haben! Recht auf was? Nicht begrapscht zu werden! Ok, das akzeptiere ich vollkommen!

Letzte Woche sah ich zwei Frauen, die einen schweren Holztisch trugen. Ich schlug vor ihnen zu helfen. Dann wurde ich von ihnen beschimpft mit harten feministischen Schimpfwörtern. Warum wollten diese Frauen den Tisch alleine tragen und haben meine Hilfe nicht entgegengenommen? Soll ich nie wieder einer Frau die Hand reichen, wenn sie aus der Straßenbahn aussteigt?

Meine türkische Nachbarin fragte mich, worüber ich diese Woche schreibe. Sie ist ein großer Fan meiner Kolumne. Ich schreibe über die Sexismusdebatte, sagte ich. „Alle sagen, die türkische Frau muss immer auf ihren Mann hören, aber das ist nur vor fremden Menschen so! Zu Hause habe ich das Sagen, das kannst du schreiben", sagte sie. „Mein Mann soll um sieben zu Hause sein, jetzt ist es zehn vor sieben, er weiß, was ihm passiert, wenn er nicht pünktlich ist!“ Der Nachbar kam pünktlich um sieben nach Hause. Ich hörte ihn die Tür aufsperren.

„Du musst etwas über diese Sexismusdebatte schreiben“, sagte ein älterer Bekannter zu mir. Danach redete er stundenlang darüber, wie der Feminismus sein Leben zerstört hatte. Er ließ sich scheiden, weil seine Frau angefangen hatte, mehr als er zu verdienen. Dann habe sie sich wie ein Chef nicht nur im Büro, sondern auch im Bett aufgeführt. „Eines Tages wird es ihnen Leid tun für das, was sie uns angetan haben! Aber niemand wird mehr zuhören, da die Männer so verrückt sein werden, dass sie sich selber am Arsch begrapschen“, sagte er.

Mein Freund Georg glaubt, der Feminismus ist gut. Er hat eine Doku im Fernsehen gesehen, wo ein berühmter Koch erzählte, dass er sich für den Beruf entschieden hat, da seine Mutter Feministin war und sich geweigert hatte, zu Hause zu kochen. Da das Kind „Mamas Speisen“ nicht kannte, hat es selber welche zu kochen versucht. Einige von ihnen wurden sehr lecker und seine Freunde aßen sie gern. So hat er seine Bestimmung erkannt. Ich kenne viele Frauen, die auch gut kochen. Ob sie sich auch wie „the nigger of the world“ fühlen?

Eigentlich wollte ich überhaupt nicht über Sexismus schreiben, aber einige Themen schleichen sich von alleine in den Computer. Eines kann ich als Mann nur sagen: Bewusst oder nicht, die Frauen sind ständig in meinen Gedanken – also meine Welt wird von Frauen regiert. Ich glaube eure auch, obwohl ihr das nicht zugebt.

Künstler oder Diktator?

Viele Diktaturen hätten verhindert werden können, wenn der spätere Diktator erfolgreich eine künstlerische Laufbahn eingeschlagen hätte.

Seit Langem haben Politikmonster ein Faible für Kunst. Das vielleicht erste Beispiel in der Weltgeschichte ist der römische Kaiser Nero, der auf seiner Lyra spielte, während das von ihm angezündete Rom zu seinen Füßen brannte. *Das* nenne ich Inspiration – der ewigen Stadt beim Brennen zuzuschauen. Anscheinend war sein Gefühl, eine Mission in der Kunstwelt zu haben, größer als seine Bestimmung in der Politik. Als er im Sterben lag, schrie er voller Verzweiflung: „Welch ein Künstler geht mit mir zu Grunde!"

Während bekannt ist, dass Hitler Maler werden wollte, wissen vielleicht nur wenige, dass der junge Stalin Gedichte schrieb. Eins davon wurde sogar publiziert. Später interessierte sich der Diktator für das Kino. Er hatte einen eigenen Kinosaal im Kreml und schaute sich dort alle neuen sowjetischen und amerikanischen Filme an. Der weltbekannte Film „Ivan Grozni" von Sergej Eisenstein gefiel Stalin überhaupt nicht, da der Diktator darin als schwacher, unentschlossener Mensch dargestellt wird. Laut Stalin sollte ein politischer Anführer kein Mensch, sondern ein Beispiel sein. Wegen Stalin fing die ganze sowjetische Führung an, sich für Kunst zu interessieren. Der Ideologiebeauftragte Schdanow erlaubte sich, den große Schostakowitsch zu sich zu holen. Während das Genie neben dem Klavier stand, spielte ihm der politische Zwerg mit einem Finger vor, was er sich unter einer „Melodie" vorstellte.

Der bulgarische sozialistische Diktator Todor Schiwkow war in seiner Jugend ein Laienschauspieler. Er behielt seine besondere Einstellung zum Theater sein ganzes Leben lang bei. Ihm gefiel es, sich mit Schauspielerinnen und Regisseuren zu treffen, um ihnen die „wahre Kunst" zu offenbaren. Außerdem beschenkte er seine Lieblinge großzügig mit Titeln und Privilegien. Böse Zungen behaupten, dass sich seine Liebe zum Theater hauptsächlich in einer Liebe für die Schauspielerinnen widerspiegelte. Es wäre so viel besser gewesen, wäre er Schauspieler geblieben! Seine einfache Ausdrucksweise und sein volksnaher Sinn für Humor hätten ihn zu einem beliebten Komiker auf allen bulgarischen Bühnen gemacht.

Gestern sah ich ein Video, das den ehemaligen US-Präsidenten George W. Bush im Zeichenunterricht zeigt. Bush zeichnet weiße Pudel auf blauem Hintergrund. Warum bloß hat er nicht früher damit angefangen? Er könnte mittlerweile so weit fortgeschritten sein, dass er sogar Landschaften zeichnen könnte! Stattdessen trieb er sein Land in zwei Kriege. Laut vielen ist die Finanzkrise in Amerika eine Folge von diesen Kriegen. Alles könnte viel einfacher sein!

Wenn ich es mir überlege, dann schläft vielleicht auch in mir ein Diktator. Ich habe alle nötigen Qualitäten: In meiner Schulzeit war ich Frontman der Punkrockband „Tschuschka". Ich war ein fürchterlicher Sänger.

Bulgarien wird momentan von einer politischen Krise beherrscht. Viele Menschen sind auf der Straße, ihre Forderungen sind aber größtenteils unerfüllbar. Vielleicht der beste Zeitpunkt, um in die Politik zu wechseln. Ich werde zuerst Kulturminister und dann Premier – ein lebenslanger natürlich. Ich weiß sogar, welchen Tschuschka-Song ich zur Staatshymne machen würde. „Grab die Scheiße immer schnell / und die Welt wird schön und hell!"

Schade, während ich diesen Text schrieb, wurde in Bulgarien eine Regierung bestellt. Ich muss meine politische Karriere doch in der Opposition beginnen.

Romanski

Ich schloss die Wohnung von Romanski auf und versuchte seinen Rollstuhl an den Löchern im Fußboden vorbeizuschieben.

„Scheiß Bullen, haben alles demoliert, die Penner!", sagte mein neuer Bekannter und zündete seine nächste Zigarette an. „Jetzt machst du mir einen Kaffee!", befahl er. Ich badete in meinem eigenen Schweiß und wollte dieses nach Urin und Medikamenten stinkende Loch so schnell wie möglich verlassen. Romanski schaute mich mit leerem Blick an. Er erwartete, dass ich seinen Wünschen widerstandslos nachkam. Bis jetzt tat ich das auch. Er bat mich nicht. „Danke“ und „Bitte“ fehlten in seinem Vokabular vollkommen. Obwohl wir uns erst seit ungefähr fünfzehn Minuten kannten.

Ich bemerkte Romanski schon in der Straßenbahn. Ich war auf dem Weg nach Hause und freute mich auf mein Mittagessen. Pasta. Der Sechser war wie immer überfüllt. Nur im vorderen Teil um einen Rollstuhlfahrer herum war Platz. Der Mann schaute fürchterlich aus. Er hatte fettige Haare und laberte unaufhörlich sinnloses Zeug.

Jeder in der Straßenbahn schaute weg. Ich auch. Wir erreichten meine Station und ich stieg aus. „Hey du, hilf mir über die Straße.“, hörte ich dann. Ohne „Bitte“.

Was soll’s, meine Pasta daheim wird warten. „Bist du Türke oder Jugo?“, fragte mein neuer Freund. „Ich bin von dazwischen, aus Bulgarien.“

„Und ich bin Pole, man nennt mich Romanski.“ Wir erreichten die Stiege im Gemeindebau, wo er wohnte. An der Treppe musste ich mit dem Katheter aufpassen, damit er nicht riss.

„Bruder, was ist mit dir passiert, dass du so bist?“ Die Polizei habe seine Wohnung gestürmt. Er sagte, er hätte einen Raubüberfall verübt, einen Mann getötet. Während die Spezialeinheiten versuchten die Tür aufzubrechen, krabbelte er aus dem Fenster heraus. Er stellte sich verzweifelt an den Fensterrand mit der Hoffnung, dass sie ihn nicht finden. Natürlich fanden sie ihn. „Ihr fangt mich nie, ihr Scheiß Bullen!“, schrie er und sprang.

Ich fragte mich, ob er alles erfunden hatte, um sich interessant zu machen. Es konnte aber auch die Wahrheit sein, der Gestank war auf jeden Fall echt. „Schau mal im Kühlschrank nach, ob da ein Eis liegt und gib es mir!“

Ich schwitzte. Wie war ich bloß da reingeraten?

In dem Moment betrat ein anderer Mann die Wohnung. „Wer bist du?“, fragte er. „Niemand! Ich wollte nur mit dem Rollstuhl helfen!“

Ich verabschiedete mich. Keiner sagte etwas. Auf der Straße fragte ich mich, ob das jetzt tatsächlich passiert war. Ich schaute hoch und sah den Fensterrand von Romanskis Wohnung. Wenn er damals tatsächlich gesprungen war, dann war er genau dort aufgekommen, wo ich gerade stand. Ich hatte keinen Bock mehr auf Pasta.

The city that never sleeps

Ich kann mir die Lokale in meiner Geburtsstadt nicht mehr merken. Jedes Mal wenn ich wieder bulgarische Erde betrete, sind die Bars, die ich von meinem letzten Besuch kenne, weg vom Stadtplan Sofias.

Das, was gestern ein Kaffeehaus war, ist heute ein Schuhgeschäft. Nach weiteren zwei Monaten hat sich das Schuhgeschäft dann in eine Disko verwandelt. So ist das im Zeitalter des „Kapitalanschaffens“, in der sich meine Heimat befindet.

Ich habe gehört, dass es in England Lokale gibt, die schon einige Jahrhunderte auf dem Buckel haben. Die Bar, in der wir gerade sitzen, wurde erst vor einigen Wochen eröffnet. „Bruder, Sofia ist eine dynamische europäische Stadt“, sagt Milan, mein ehemaliger Mitschüler, den ich seit mindestens einem Jahr nicht gesehen habe. Er hat sich nicht verändert. Besonders seine Trinkgewohnheiten. „Ich bin durch die Welt gewandert, jetzt soll sie zu mir kommen!“ Es stimmt schon, dass Milan für eine Weile herumgereist war: Er studierte Architektur im kalten Deutschland, danach erlebte er eine heiße Latinoromanze mit einer Mexikanerin in Spanien und schließlich hat er in Kroatien fast geheiratet.

Auf der einen Seite von Milan sitzt seine neue Flamme Marie aus Nantes. Marie ist eine Freiwillige für die olympischen Spiele für gehörlose Menschen, die bald in Sofia durchgeführt werden sollen. Zuerst sollten sie in Athen sein, aber wegen der Krise wurden sie in die bulgarische Hauptstadt verlegt. Marie ist vom Tempo, mit dem Milan seine Rakija ausleert, beeindruckt. Ihr kommt es gar romantisch vor. Wenn ihr mich fragt ist das gewöhnlicher Alkoholismus. Aber vielleicht bin ich nur neidisch auf Milan, wegen der blonden Marie?

Auf seiner anderen Seite sitzt Julia aus Graz. Sie ist auch Freiwillige bei der Gehörlosen-Olympiade, aber sie sei nach Sofia gekommen, um – wie sie selbst sagt – „Party zu machen". Sie ist an der richtigen Stelle angelangt! Man sagt ja, New York sei die Stadt, die nie schläft. Sofia tut das auch nicht. Es ist schon zwei Uhr und diese Bar, deren Namen ich mir nicht merken kann, ist randvoll. Und nochmal genauso viele Menschen stehen davor. Weil Rauchen in allen Lokalen in Bulgarien inzwischen verboten ist, stehen vor den Bars in Sofia immer sehr viele Menschen. Sogar in dieser regnerischen Aprilnacht.

Wir sind nicht die einzige internationale Gruppe. Am anderen Tisch schauen sich vier Spanier die Wiederholungen von einem gerade gelaufenen Champions League Spiel von Barcelona an. Ein Italiener mit einer Irofrisur, Ernesto, versucht einige bulgarische Mädchen zu beeindrucken, indem er ihnen seine Lebensgeschichte in gebrochenem Englisch vorrappt. Neben ihm sitzt sein finnischer Freund, der eine Mastika nach der anderen mit einem hundertkarätigen Lächeln ausleert. „Very good, very cheap", freut sich der Finne.

Im Lokal spricht man gleich viel Englisch und Bulgarisch. Eigentlich versuchen alle Nicht-Einheimischen auch Bulgarisch zu sprechen. Und kaum sind die Worte verklungen, betritt plötzlich ein Feuerschlucker das Lokal. In der halbdunklen Bar sprudeln Feuerzungen aus seinem Mund.

Alle klatschen, im Lokal riecht es nach Benzin und Verbranntem. Wir geben dem Feuerschlucker etwas Kleingeld und er ist zufrieden. Alle umarmen ihn.

Wie umarmen uns mit Milan auf dem Weg nach Hause. Bald fliegt er für ein halbes Jahr nach Japan. Ich umarme auch Marie. Sie weint. Julia auch. „Warum denn Leute?“, frage ich und ich spüre die Tränen in meinen Augen. „Na ja …“, schluchzt Marie, „weil diese magische Nacht sich niemals wiederholen wird. Wir wachen morgen auf und nichts wird wieder so sein!“ „Sei ruhig!“, erwidere ich, „Sofia schläft nie, komm zurück zu ihr in deinen Träumen!“ Das war jetzt etwas dumm. Aber mir ist nichts anderes eingefallen. Es war schon vier Uhr morgens.

Roschlas Nachkommen

Meine Freundin Ani rief mich gestern an. „Willst du eine Katze?“, fragte sie. „Bitte, es ist sehr wichtig!“, weinte sie fast am Telefon. Ani arbeitet in einem Übersetzungsbüro. Sie übersetzt aus dem Russischen.

Eine der größten russischsprachigen Gruppen in Wien sind die Tschetschenen. Für sie übersetzt Ani praktisch rund um die Uhr. Egal ob um sechs Uhr morgens, oder um zehn Uhr abends, sie muss immer bereit sein. Die Tschetschenen kommen einfach zu ihr nach Hause und das war’s. Sie zahlen auch sofort. Außer Geld gibt es bei jedem abgeschlossenen Geschäft eine Katze.

In Tschetschenien werden Katzen besonders hoch geschätzt. Anis Chefin im Übersetzungsbüro hat schon neun Katzen und die Kunden bringen immer mehr und mehr. „Der Tschetschene kommt in der Früh zu mir und ein liebes Kätzchen schaut aus seiner Tasche heraus. Wie kann ich sie nur NICHT nehmen?“

Ich kenne das Problem mit den Katzen. Ich hatte eine Katze – Roschla. Sie kam zufällig zu uns. Ich lebte mit meinen Eltern in einem großen Plattenbaublock. Eines Tages hörten wir aus dem Kamin ein trauriges Miauen. Wir versuchten im Loch etwas zu finden, doch alle Bemühungen waren vergebens, wir sahen nichts, das Miauen ging weiter.

So miaute unser Kamin einige Tage lang. Bis es auf einmal still wurde und aus dem Kamin mitten ins Zimmer eine Katze fiel. Ich wusste nicht, wie sie im Kamin stecken geblieben war, aber in diesen paar Tagen war sie so dünn geworden, dass sie durch das Loch durchgekrabbelt war. Die Katze war nur ein dreckiger Fellball mit zwei leuchtenden Augen. Wir haben sie gewaschen und gefüttert. Sie lebte sich bei uns ein, so als ob sie schon immer da war.

Alles lief gut, bis der Frühling kam. Egal, was wir machten, um Roschla aufzuhalten, sie lief immer für ein paar Tage weg und kam trächtig zurück. Alle paar Monate hatten wir fünf oder sechs neue gelbe oder schwarze Kätzchen. Am Anfang freuten wir uns und verteilten die Kätzchen an Freunde und Bekannte. Nachdem Roschla zum dritten Mal Junge bekommen hatte, war der „Markt gesättigt“. Keiner wollte kleine Kätzchen mehr.

Um die Frage radikal anzugehen, brachten mein Vater und ich Roschla zum Veterinär, um sie sterilisieren zu lassen. Wir standen vor der Tierarztpraxis, als die eigentlich ruhige und liebe Roschla sich plötzlich wie ein Bogen spannte, mein Gesicht zerkratzte und wegrannte. Wir versuchten sie zu finden. Vergeblich. Sie war in der großen Stadt untergetaucht. Wir fragten uns, wer sie wohl gefunden hatte. Ob es gute Leute waren?

Jetzt weiß ich es. Es waren die Kunden von Ani. Sie brachten sie nach Wien. Sie haben vielleicht keinen sehr guten Ruf, aber die Tschetschenen sind sehr sentimental was Katzen angeht. Heute wandern Roschlas Nachkommen durch halb Europa.

Ich holte mir keine Katze von Ani. Es ist eine zu große Verantwortung.

Wahrsager und Aberglauben

Ich bin nicht abergläubisch, aber ich habe schon meine Ängste: vor Höhen, vor Feuer, vor scharfen Gegenstände.

Ich habe auch Angst davor, dass meine Nase bei einem wichtigen Treffen zu laufen anfängt und ich kein Taschentuch habe. Ganz gewöhnliche Sachen. Ich bin aber nicht wie meine Mutter. Trotz ihrer zwei abgeschlossenen Studien glaubt sie wirklich daran, dass die Fäden der „realen Welt“ von einer imaginären Kraft von der „anderen Seite“ gezogen werden. Als kleines Kind hatte ich immer wieder Alpträume. Meine Mutter brachte mich deswegen zu einer alten Türkin, die für mich Blei gießen sollte, um die Alpträume zu vertreiben. Die schnurrbärtige Frau warf das geschmolzene Blei ins Wasser. Es zerstreute sich in viele verschiedene Richtungen. Die Wahrsagerin sprang plötzlich triumphierend auf und zeigte auf eines der Stückchen: „Da, ein Huhn!“ Meine Mutter nickte zustimmend, obwohl überhaupt keine Hühner zu sehen waren, wenn man mich fragt. Das „Huhn“ aus Blei wurde nach Hause mitgenommen und unter mein Kopfkissen gelegt. Ihr könnt mir jetzt glauben oder nicht, aber die Alpträume verschwanden.

Sonst bin ich nicht abergläubisch. Ich trage keine Glücksbringer und Amuletten. In Österreich habe ich mitbekommen, das der gleiche Brauch – das Bleigießen, um die Zukunft zu bestimmen – zu Silvester durchgeführt wird. Es werden sogar spezielle Löffelchen und Bleistücke verkauft. Der Aberglaube hat sich kommerzialisiert.

Das zweite Mal brachte mich meine Mutter zu einem Wahrsager, als ich mich für eine Uni und eine Studienrichtung entscheiden sollte. Der Wahrsager war wie aus einem Bilderbuch – knochig, mit riesengroßer Sonnenbrille, Gefängnistattoos und einem Goldring auf jedem Finger. Sein Büro befand sich im Erdgeschoss eines Plattenbaublocks. Außer als Wahrsager arbeitete er noch als Bestattungsagent. „Er wird studieren!“, sagte er gleich nachdem ich mich ihm gegenüber setzte. Der Wahrsager bestimmte, aber nicht, was genau. Ich weiß vielleicht deshalb bis heute nicht, ob ich mich für die richtige Studienrichtung entschieden habe.

Letzte Woche bekam ich eine Nachricht von meiner Mutter: „Ich habe deine Kolumne für nächste Woche geträumt!", sagte sie. „Schreib über deine Ängste, ein roter Faden soll zerreißen und du sollst auf einem Fuß springen!" Zuerst wusste ich nicht, wie ich darauf reagieren sollte. Wer glaubte heutzutage schon an so was?

Ein bisschen später ging ich durch den Stadtpark spazieren. Ich sah einen Menschen, der einen Baum umarmte. Er war im mittleren Alter und trug einen Anzug. Neben ihm hatte er seine schicke Ledertasche auf dem Boden gelassen. Er streichelte den Baum und sprach mit ihm. Er war so vertieft in sein Gespräch mit dem Baum, dass ich fast auf den Zehenspitzen an ihm vorbeiging, um ihn nicht zu stören. Später sprang ich ein paarmal auf dem einen Fuß. Ich hoffe alles, was der Mensch dem Baum erzählt hat, wird in Erfüllung gehen.

Jetzt suche ich einen roten Faden.

Die Waschmaschinentragödie

Ich hatte schon Angst, dass obwohl das Ende der Welt nicht gekommen ist, die Maya uns stattdessen einen ewigen Winter gebracht hätten. Doch nun ist es über der mittleren Donau endlich wieder warm geworden. Die Onkels aus dem benachbarten Park haben ihr Kartendeck herausgeholt und sitzen da wie immer. Burschen aller möglichen Ethnien rennen in den Käfigen der Stadt dem Ball nach, auf dem Weg zum neuen Alaba. Aufgewacht vom Winterschlaf, bereiten sich die Stadt und seine multikulturellen Bewohner auf das neue Leben vor. Das Rad des Lebens hat sich wie eine Waschmaschine gedreht.

Als kleines Kind war ich verrückt nach Waschmaschinen. Während die anderen Kinder sich Animationsfilme anschauen wollten, brauchte ich mich nur vor die Waschmaschine hinzusetzen. Ich fühlte mich wie hypnotisiert. Ich konnte meinen Blick nicht von der magischen Trommel der Waschmaschine lösen. Deshalb war ich sehr stolz, als ich mir zum ersten mal eine Waschmaschine kaufte. Ich kaufte sie meinem Freund Slobodan ab. Slobo war ein freier Künstler, der außerdem als Waschmaschinendealer arbeitete.

Heutzutage ist es nicht leicht Bilder zu verkaufen. Bei den Waschmaschinen ist es aber anders. Sein Nachbar Goran kauft kaputte Waschmaschinen aus irgendeiner Fabrik in Serbien, repariert sie und verkauft sie weiter in Wien. Goran hat aber ein kleines Problem. Er spricht Deutsch mit einem fürchterlichen Akzent. Das macht ihn automatisch zu einem dubiosen Händler für die Österreicher. So kommt Slobodan ins Spiel. Slobo lebt in Wien seit seinem zehnten Lebensjahr und spricht besser Deutsch als jeder Bewohner Simmerings. Er hat sich einige Geschichten ausgedacht, um die Waschmaschinen besser zu verkaufen – zum Beispiel ist seine Mutter nach einer heißen Latinoromanze plötzlich nach Portugal abgereist und deshalb verkauft sie ihren ganzen Haushalt sehr billig.

So kaufte ich meine erste Waschmaschine von Slobodan und Goran. Ich war sehr stolz auf mich. Noch nie hatte ich mir etwas Größeres gekauft. Außerdem war die Waschmaschine sehr günstig, was mich noch stolzer gegenüber meinen Mitbewohnern machte. Wir brachten sie mit Schweiß auf der Stirn in unsere kleine Küche. Da ich als kleines Kind immer die Waschmaschinen beobachtet habe, hatte ich keine Probleme sie mühelos zu installieren. Ich rief sogar meine Eltern in Sofia an, um mit der Waschmaschine zu protzen. Nach dem zweiten Waschen ist sie kaputtgegangen. Ich versuchte Slobodan und Goran zu finden, aber egal wie oft sie mir vor dem Einkauf versichert haben, dass wenn etwas schief geht, sie es sofort wieder reparieren würden, waren die beiden Waschmaschinenhändler wie von der Erde verschluckt.

Man sagt, dass die bulgarische Wirtschaft in den Jahren vor der Krise mit dem gewaschenen Geld der Kommunisten gewachsen ist. Ich habe keine Ahnung wie man Geld wäscht. Ich stelle mir ernsthafte Männer vor, die in ihren schwarzen Anzügen vor den Waschmaschinen stehen, so wie ich früher und hypnotisiert auf die Trommel schauen. Das gewaschene Geld, so erzählt man, haben sie in Banken in Zypern und in Österreich deponiert. In Zypern sollen sie viel verloren haben, was mit dem Geld in Österreich passiert, werden wir noch erfahren.

Man sagt, dass Geld nicht stinkt. Meine Socken haben aber schon angefangen zu stinken. So ist es nicht gut. Meine Waschmaschine ist kaputt. Es bleibt mir nichts anderes übrig, als sie von Hand zu waschen. Zumindest kommt der Sommer und die Socken trocknen schneller.

Ich und mein Omahandy

„Du hast aber so ein Omahandy!“, sagte die zwölfjährige Ana, als sie mein schäbiges Kommunikationsmittel sah. Ana hat schon seit zwei Jahren ein Smartphone. Sie lädt sich sämtliche Apps runter und kann sie exzellent bedienen. Oder sicherlich besser als ich. Jeder aus Anas Klasse hat so ein Ding. Und ich habe weiter mein Omahandy.

Ich war so beeindruckt als Kind am Anfang des Jahrhunderts in Berlin, als ich die Straßenreiniger in Berlin beim Telefonieren mit ihren Handys sah, während sie sich bückten, um die Zigarettenkippen von der Straße einzusammeln. Zu dieser Zeit waren in Bulgarien die Mobiltelefone so teuer, dass sich nur die Gangster welche leisten konnten. (Das Volk hat das Wort „Mutra“ erfunden, was eigentlich ein verzerrtes Gesicht bedeutet, um diese kriminelle Typen mit großen Muskeln und niedriger Stirn zu kategorisieren. Somit hießen ihre Telefone „Mutrafone".)

Innerhalb von zehn Jahren hat sich die Lage verändert. Wenn jetzt ein Straßenputzer in Bulgarien nicht mit seinem Handy redet, habe ich Sorge, dass er vielleicht einsam ist.

Die Diskussion um das Handyverbot in österreichischen Schulen ist sinnlos. Die Schüler sind so von ihrem teuren elektronischen Zeugs besessen, dass die „echte" Kommunikation in den Pausen kaum mehr stattfindet, warnen Direktoren und Lehrer. Die Wichtigkeit des Mobiltelefons als Statussymbol ist so enorm, dass die Schüler nur zur Schule gehen, um mit ihrem neuen Handy anzugeben. Wer kein Smartphone hat, ist kein Mensch mehr.

Vielleicht wird jetzt jemand sagen, dass informiert zu sein heutzutage das Wichtigste sei. So ist es auch. Ohne Facebook ist für viele das Leben unvorstellbar. Die Schüler kommunizieren online miteinander. Sechs der ersten fünfundzwanzig meist gesuchten Begriffe im Google sind mit den sogenannten „Inhalte(n) für Erwachsene" verbunden. Das Interesse für das andere Geschlecht ist normal, aber bringt uns der leichte Zugriff auf diese „Inhalte für Erwachsene" weiter? Sind Smartphone-Besitzer auch smarter?

Anas Physiklehrer ist empört, dass auf den Heften der Schüler halbnackte Frauen statt Archimedes zu sehen sind. Vielleicht erwartet auch der Englischlehrer, dass auf dem Englischheft Virginia Woolf statt Lady Gaga lacht. Die Massenkultur ist allmächtig. Die Frage ist, wie viel wir davon zulassen wollen. Vor einigen Tagen beobachtete ich eine Gruppe japanischer Touristen, die den Stephansdom besuchten. Jeder von ihnen hatte eine Kamera in der Hand. Ihr Reiseleiter zeigte nach rechts und jeder bewegte seine Kamera nach rechts. Danach zeigte er nach oben und zig Kameras guckten nach oben. Rechts, links, eins, zwei, drei. Keiner der Touristen löste seinen Blick vom leuchtenden Display seiner Kamera und sah sich die Kirche mit seinen eigenen Augen an.

Meine lieben Touristen! Es ist ein wunderbares Gefühl in dieser Kirche gleichzeitig das Gewicht und die Leichtigkeit des Steins zu spüren! So befindest du dich außerhalb der Zeit, du wirst gar ein Teil davon. Findet ihr das gleiche Gefühl in euren Aufnahmen?

Ich verwende mein Handy. Ich habe keine andere Wahl. Jedoch träume ich oft von unserem Haus im Balkangebirge, ohne Handyempfang und ohne Internet.

Bahama Mama

Bahama, bahama mama
Got the biggest house in town bahama mama
Bahama, bahama mama
But her trouble's getting down bahama mama

So heißt es in einem alten Boney M Song.

Wenn man von den Bahamas spricht, denken die einen an Boney M, die anderen an Cocktails und eine dritte Gruppe denkt an Geld. Es stellte sich heraus, dass laut der Offshore-Leaks-Liste ungefähr dreißig Leute aus Bulgarien und dreißig aus Österreich ihr Geld über Offshore-Firmen auf die Bahamas, nach Panama und an andere sonnige Orte auf dieser Welt gebracht haben. Und in Österreich und Bulgarien gibt es jetzt die gleiche Diskussion: Ist legal immer moralisch? Und warum brauchen diese Leute Offshore-Zonen, um ihr Geld dort zu horten?

Ehrlich gesagt verstehe ich absolut nichts von Wirtschaft, aber es ist sogar mir klar, dass die Sache vielleicht legal sein mag, aber nicht ganz rein ist. Ist das, was gut für die Bahamas ist, auch gut für Bulgarien und Österreich? Die Sache stinkt offensichtlich. Die Leute mit den Offshore-Firmen haben natürlich das Recht, die Wirtschaft der Bahamas zu unterstützen. Und danach zu beweisen, dass sie nichts Schlechtes gemacht haben. Es gibt ein altes bulgarisches Sprichwort: Wenn in der Zeitung steht, dass deine Schwester eine Schlampe ist, dann versuch zu beweisen, dass du keine Schwester hast.

Auf jeden Fall hat mich Offshore-Leaks aufgemuntert und mein Selbstbewusstsein gestärkt. Bulgarien = Österreich. Während die Ur-Österreicher sich fragen, was für ein Mensch der Ex-Raiffeisen-Boss ist und ob er sein Land betrogen hat, kann ich mich bei ihm nur bedanken. Stepic, ich habe keine Ahnung, was du in den Offshore-Zonen tust und warum du Wohnungen in Singapur brauchst, ich kann dir nur sagen, dass du mich aufgemuntert hast. Wenn es jetzt jemand wagt, über Korruption und die bulgarischen Neureichen mit mir zu reden, dann komme ich sofort wieder auf dich zurück!

Und hier das Rezept für den „Bahama Mama"-Cocktail: Rum weiß (20 ml), Rum braun (40 ml), Kokosnusslikör (20 ml), Grenadin (2 Spritzer), Zitronensaft (10 ml), Ananassaft (40 ml), Orangensaft (40 ml), Eis.

Ich war nie auf den Bahamas, aber ich habe den Cocktail probiert. Bereitet euch mehr Eis vor. Ihr braucht es auch am nächsten Tag, um es auf eure Köpfe zu legen falls ihr einen Kater habt. So geht es uns allen in Bulgarien, in Österreich. Und was ist mit den Leuten mit den Offshore-Firmen? Denen geht es gut. Sie haben den Cocktail ausgetrunken und uns tut der Kopf weh ...

My Best Friend's Wedding

„Egal wie gut ein Mensch lebt, am Ende heiratet er", sagt eine alte bulgarische Weisheit. Auch wenn es im 21. Jahrhundert immer weniger Leute gibt, die dazu bereit sind, finden sich doch immer wieder einige Mutige, die einander ewige Treue schwören. Letzten Samstag hat es mein Freund Chicky getan. Für mich repräsentiert dieser tätowierte, starke Mann Sofia selbst. Er ist groß und unbeweglich wie die Stadt.

Ich erinnere mich daran, wie Chicky zum ersten Mal in seinem Leben Bulgarien verlassen hatte, um mich und meinen Bruder in Wien zu besuchen. Wir gingen auf eine Silvesterparty und Chicky konnte nicht aufhören, sich zu wundern, wie viele Leute aus allen Ecken der Welt zusammen feierten. Auf dem Höhepunkt der Party fand ich ihn allein und nachdenklich vor der Toilette. „Was machst du da, mein Freund?“, fragte ich. „Alter, in diesem Klo kackt gerade eine Chinesin!“, erwiderte Chicky. Die Erkenntnis, dass Leute vom anderen Ende der Welt auch auf die Toilette müssen, hatte ihn wie ein Blitz getroffen.

Bald darauf machte er sich auf den Weg nach Deutschland. Sein Wunsch, Teil dieser multikulturellen Gesellschaft zu werden, ließ ihn sein natürliches Umfeld in Sofia verlassen. Chicky ist jetzt Schweißer, er hat eine eigene Firma und arbeitet wie verrückt. „Alter, ich werde heiraten“, schrieb mir Chicky vor einigen Monaten auf Skype. Mein Bruder und ich freuten uns sehr, dass er die Liebe seines Lebens gefunden hatte. Andererseits waren wir traurig. Mit Chickys Hochzeit schien unsere Kindheit endgültig vorbei zu sein.

Die Hochzeit war wie alle Hochzeiten – drei Tage Essen, Trinken und Feiern. Alles begann in einem schicken Hotel in Sofia und endete in einer Plattenbauwohnung in einem Randviertel. Wir erwachten mit schweren Köpfen voll mit den Bildern des Festes: der Trauzeuge, der den traditionellen bulgarischen Tanz „Horo“ mit der Grazie eines Grizzlybären tanzte, wie ich meine liebe M. durch die Lüfte warf, mich für Gene Kelly haltend, wie der Vater des Bräutigams mit allen Hochzeitgästen Armdrücken machte, um zu zeigen, dass er es noch drauf hatte ...

Die Jungverheirateten fuhren auf Hochzeitreise nach Barcelona. Die Hochzeitsreise wird leider nur drei Tage dauern, weil Chicky zurück nach Deutschland muss. Dort erwarten ihn Bestellungen von Deutschen, Holländern, Amerikanern und sogar Chinesen. Er wundert sich nicht mehr, wie viele verschiedene Menschen in Europa leben. Alle brauchen einen Schweißer. Und Chicky ist ein sehr guter Schweißer. Und ja, die Braut war sehr schön und alle waren neidisch auf meinen Freund. Herzlichen Glückwunsch!

Der Sultan protestiert

Nina ist völlig verwirrt. Seit Monaten lädt sie jeden Samstag von irgendeiner Torrent-Webseite die aktuelle Folge von „Das prächtige Jahrhundert" runter. Eine türkische Serie über das Leben des Sultan Süleyman. Mit bulgarischen Untertiteln.

Am Sonntag und Montag träumt sie vom schönen Schauspieler Halit Ergenç, der Sultan Süleyman spielt. Am Dienstag diskutiert Nina die Geschichten von Süleyman und seiner geliebten Hürrem auf Facebook mit ihren Freundinnen aus Kroatien und aus Russland, die sich die Serie ebenfalls illegal angeschaut haben. Die Türken bewachen ihre Autorenrechte nicht so streng wie die Amerikaner. Sie betrachten die illegale Verbreitung ihrer Serien mehr als eine Ausweitung ihres kulturellen Einflusses.

Am Mittwoch ist Nina auf ihre Nachbarin Fatma neidisch. Die kann sich nämlich die neue Folge von „Muhteşem Yüzyıl", wie die Serie im Original eigentlich heißt, schon regulär im türkischen Fernsehen anschauen.

Zwischen Mittwoch und Samstag fragt sie Fatma aus, was in der Folge passiert ist. Die Nachbarin darf aber auch nicht alle dramaturgischen Wendungen erzählen, damit es bis Samstag spannend bleibt. Und so geht es jede Woche.

Neulich hat sich aber die Sachlage verändert, erzählt mir Nina. Zuerst sei die in Deutschland geborene Schauspielerin Meryem Uzerli, die die Rolle von Hürrem spielt, aus der Serie verschwunden. Auf Facebook wurden einige

Gründe für ihr Verschwinden diskutiert: Erstens. Sie sei zurück nach Deutschland, weil sie zu wenig Geld bekommen habe: nur vierzehntausend Euro pro Folge. Nina und ich finden das gar nicht so wenig, aber Meryem habe vierzigtausend verlangt. Zweitens. Sie habe ein Burnout und wurde in eine deutsche Klinik aufgenommen. Drittens. Sie sei schwanger geworden. Nina wusste nicht, welche Version sie glauben sollte, aber sie wollte unbedingt Hürrem wieder zurück in der Serie haben.

Die zweite Ursache für Ninas Aufregung sei das Verhalten von Halit Ergenç. Diesen Winter wurden die Produzenten der Serie vom türkischen Premier Erdogan kritisiert, da sie den großen Süleyman wie einen Säufer und Frauenheld darstellten, statt als harten Herrscher mit Pferd und Schwert. Inwiefern die Macher der Serie ihrem Premier gehorcht haben, ist unklar, aber Nina erzählte mir, dass in der neuen Saison Süleyman den Harem immer seltener betritt. Und das sei doch am Interessantesten gewesen!

Vielleicht ist es, weil er die Zensur nicht mehr aushält, vielleicht, weil er es Erdogan einfach heimzahlen will.

Jedenfalls wurde der Darsteller von „Sultan Süleyman", Halit Ergenç, unter den Protestierenden auf dem Taksim-Platz gesichtet. Nicht in seiner goldenen Tunika, sondern in einem T-Shirt. „Und was passiert jetzt?", fragte mich Nina.

Ich weiß es nicht. Ich schaue mir die Serie „Das Prächtige Jahrhundert" nicht an. Ich kann nur sagen, dass die Proteste in der Türkei als Inspiration für meine Freunde in Bulgarien dienen, die die neue Regierung stürzen wollen, weil sie offenbar Beziehungen zur Mafia hat.

Die älteren sagen, dass sie „diese Serie schon mal gesehen haben" und dass Revolutionen zum Auffressen ihrer Kinder tendieren. Ich hingegen hoffe, dass es diesmal anders sein wird. Dass diese Revolution zu einer Normalität wie in Österreich führen wird. Eine Normalität, die ich den Leuten hier nicht erklären kann, da sie nie „das Andere" erlebt haben. Und das ist noch schwieriger zu erklären, als eine türkische Serie.

Duell

Am heutigen Tag, Ende des 16. Jahrhunderts, wurde das letzte legale Duell in Frankreich durchgeführt. Ein Duell ist, wie schon der Name sagt, ein Kampf zwischen zwei Leuten unter gleichen Umständen und mit den gleichen Waffen. In verschiedenen Ländern haben Duelle auch unterschiedliche nationale Besonderheiten. Bei friedlicheren Völkern werden Duelle bis zum ersten Tropfen Blut geführt, bei anderen, wie bei den Russen, unbedingt bis zum Tode.

Normalerweise wurde jemand zum Duell gefordert, wenn er die Ehre eines anderen verletzt hatte. Ein Duell wegen materieller Fragen wie Schulden zu beginnen, war inakzeptabel. Na ja, aber alle haben wohl „Die drei Musketiere“ gelesen. In einigen Ländern wurden Duelle dann verboten und unter Strafe gestellt. Obwohl sie verboten sind, existieren Duelle in manchen Ländern aber bis heute.

In der Geschichte meines Heimatlandes Bulgarien wurde kein einziges Duell je ausgeführt. Einige sagen, das kommt vom Fehlen der Aristokratie. Andere suchen den Grund in der fehlenden politischen Eigenständigkeit, die mehrere Jahrhunderte dauerte. Ende des 19. Jahrhunderts wurden immerhin einige Duelle gefordert. Einmal wollte sich sogar der Kriegsminister mit dem Premierminister duellieren. Das Duell wurde aber nicht ausgeführt.

Ich finde das schade. Ich glaube, wenn es heute Duelle in Bulgarien gäbe, dann wäre das Verhalten der politischen Parteien anders. Wie ich schon erwähnt habe, waren die Gründe für das Duellieren immer von einem moralischen Charakter geprägt. Und Moral ist etwas, was den bulgarischen Politikern eindeutig fehlt.

Vor einigen Wochen zum Beispiel, wurde vom Premierminister ein Kandidat als Vorgesetzter der Sicherheitsagentur vorgeschlagen, der eigentlich Mafia und Korruption repräsentiert. Und zum ersten Mal in der neueren Geschichte Bulgariens hat die Bevölkerung die Politik zum Duell gefordert. Zehntausende protestierten auf der Straße. Die Regierung musste ihren Kandidaten zurückziehen. Im Zeitalter der Duellteilnehmer wäre das als feige angesehen worden. Ein zum Duell geforderter, der nicht kämpfen wollte, wurde öffentlich verspottet und ausgelacht. So wird auch die bulgarische Regierung von vielen wahrgenommen.

Aber... es gibt Hoffnung! Wenn ein Volk die Regierung zum Duell fordert, dann hat es immerhin sein Gefühl für Ehre behalten. Hoffentlich aber wird dieses Duell dann nicht bis zum Tode geführt!

Als uns das Meer bis zu den Knien reichte

Ich habe diesen Moment zwar erwartet, aber doch gehofft, dass er nicht so bald kommen würde. Ich habe ihn immer in die ungewisse Zukunft verschoben. Auf einmal klopfte er an meine Tür ...

Das Gefühl hat mich überwältigt, als ich in den letzten Wochen für einen Maturareise-Veranstalter in Kroatien gearbeitet habe. Hunderte von jungen Menschen aus ganz Österreich kamen dorthin, um das Vollenden einer Etappe ihres Lebens zu feiern. Eigentlich ist es völlig egal, ob die Reise nach Kroatien, nach Montenegro oder zum Mond führt. Und ich rede nicht ohne Grund vom Mond, da die meisten Maturanten ihre Zeit in Schwerelosigkeit verbrachten. Ich weiß nicht, wie ich sonst diesen körperlichen und seelischen Zustand, in dem du schon morgens trinkst, kotzt und dann wieder trinkst, beschreiben soll.

Meiner Beobachtung nach haben achtzig Prozent der Maturanten nicht einmal bemerkt, dass sie in einem anderen Land waren. Niemand hat mitgekriegt, dass genau zu dieser Zeit Kroatien in die EU aufgenommen wurde. Alle tanzten zu den neusten Sommerhits.

Manchmal dachte ich mir, diese Jungs und Mädchen sind wie Schildkröten, die ihre österreichische Panzerrüstung am Rücken tragen und Angst haben, ihre Köpfe zu zeigen. Alles, was anders war, erschien den meisten als fremd und feindlich. Alles außer das gewohnte Schwimmen in der Brühe Alkohol. Fast niemand wechselte ein Wort mit den Einheimischen, obwohl viele von ihnen auch Deutsch sprachen. Es kam mir vor, als ob es für die meisten keine Welt außerhalb ihrer Heimatstadt gibt. Der Höhepunkt meiner Verwunderung wurde erreicht, als ein Junge sich beschwerte, dass der Mann der sein Bananenboot zieht, ein Kroate war. „Was soll er denn sein?", fragte ich. Er hob nur seine Schulter. „Scheiße!", sagte er dann.

Ist diese Arroganz mit der Jugend zu entschuldigen? Wo ist die Weltoffenheit, die Toleranz, die einfache menschliche Neugier, die *auch* typisch für dieses Alter sein sollen? Ist, dass du dafür zahlst Grund genug alle zu ignorieren, die nicht zu den Sommerhits tanzen?

An sich habe ich nichts gegen Sommerhits. Es macht mir nur Angst, dass mir die Lieblingsmusik von Menschen, die nur zehn Jahre jünger sind als ich, zu laut und disharmonisch vorkommt. Dass die Themen, über die sie sprechen, mich nicht interessieren. Wie schon gesagt, ich fühlte mich wie ein Onkel. Als ob es nicht erst gestern gewesen wäre, dass mein Vater nach Hause kam und mich aufforderte diese „quietschenden Bestien", wie er die Songs aus der frühen Zeit des Drum 'n' Bass nannte, abzudrehen.

Nichts Neues eigentlich. Irgendwann im dritten Jahrhundert vor Christus publizierte der griechische Philosoph Sokrates einen Aufsatz, wo er sich über die Jugend, die „zu laut und unanständig" sei, beschwerte.

„Gehen wir zu einem Konzert von ‚Leningrad' in Budapest!", sagte mein Freund Niki, als ich von der Maturareise zurückkam. „Mann, ich bin schon zu alt für so was!", sagte ich. „Komm schon, reiß dich zusammen!" Ich sah mich um. So alt war auch wieder nicht.

Die einsame Straße zur Freundschaft

Seit kurzer Zeit verfügt Bulgarien über ihre erste komplette Autobahn – von Sofia bis zum Schwarzen Meer. Für ihren Bau hat man vierzig Jahre gebraucht. Ich mag keine Autobahnen. Während man auf der Autobahn reist, sieht man nichts. Habt ihr schon mal darüber nachgedacht, dass man auf einer Autobahn ganz Europa durchqueren kann und wenn man an einer Tankstelle hält, überhaupt nicht mitbekommt ob man in Deutschland, Frankreich oder Spanien ist? Alles schaut gleich aus. Natürlich reist man so schneller, aber wozu die Eile? Was sparen wir, wenn wir schneller dran sind?

Eine andere Sache sind die zweitklassigen Straßen. Sie laden euch wie alte Freunde immer auf eine Pause ein. Während ihr das lest, reise ich wahrscheinlich gerade auf so einer Straße in Richtung des schönen Balkanstädtchen Kalofer. Auf meiner linken Seite befindet sich der Balkan – das Gebirge, nachdem die ganze Halbinsel benannt ist. Wenn ich auf der Autobahn fahre, fühle ich mich so, als wenn ich meine alte Freundin, die zweitklassige Straße betrüge.

Eigentlich fahre ich dorthin, um mich von einer alten Freundin zu verabschieden. Ich fahre zu einer Hochzeit. Meine Freundin Agi heiratet. Agi war immer mein treuster Fan und meine gnadenlose Kritikerin. Sie ist die erste Person, die sich meine erste Pilotenkolumne vor ungefähr drei Jahren angehört hat. Nach der Hochzeit verlässt Agi Wien. Sie zieht mit ihrem Mann in die deutsche Stadt Gießen, wo er an der Universität arbeiten wird. Agi hat mir vergewissert, dass sie meine Kolumnen weiter online verfolgen wird.

Ich werde sie vermissen. Immer wenn ich kein Geld hatte, bin ich zu ihr gegangen um ihr was vorzulesen. Währenddessen war sie bereit, mich mit ihren vegetarischen Gerichten mit Erbsen, Kartoffeln und grünem Zeug zu füttern. Außerdem war Agi mein Wiener Kulturguide. Sie wusste immer wo es was Cooles gratis gab. Dank ihrer Informiertheit bin ich mit Kurzfilmen aus Guatemala vertraut. Und nicht zuletzt werde ich die Möglichkeit vermissen, Agi in einer der Bars zu besuchen, wo sie arbeitete. Sie fand immer einen Weg mir ein Bier zu spendieren. (Im Gegensatz zum DJ ist der Barkeeper ein nützlicher Kontakt.)

Ich war auf vielen Hochzeiten dieses Jahr. Auf dieser sind Leute aus ganz Ost- und Zentraleuropa eingeladen. Agi ist ein kontaktfreudiger Mensch und zu ihrer Hochzeit kommen Serben, Montenegriner, Slowenen, Russen, Kroaten, Österreicher und Deutsche. Wenn es um Agi geht – sind sie bereit durch halb Europa zu fahren. Und es lohnt sich! Agis Familie soll für ihren außerordentlich guten, hausgemachten Schnaps bekannt sein. Ich fahre nicht deshalb hin! Ganz ehrlich!

Freundschaft kennt keine Autobahnen. Die Freundschaft ist wie eine alte zweitklassige Straße, wo du jeden Baum kennst. Agi heiratet. Herzlichen Glückwunsch!

Macao

Macao ist ein alter Seewolf. Ich lernte Macao bei meiner Arbeit auf einer Maturareise in Kroatien kennen. Macao war der Schiffskoch. Niemand wusste, wie er in Wirklichkeit heißt. Es gibt solche Leute, deren Spitzname wie ein Handschuh für sie geschaffen ist. Sie sind schon so gewöhnt an ihren Spitznamen, dass sie gar nicht mehr reagieren, wenn man sie mit ihrem echten Namen ruft. So war es auch mit Macao. Sein Spitzname entstand, als er vor mehr als zwei Jahren auf einem Tanker arbeitete. Als die Nachbarn seine

Frau fragten, wo ihr Mann sei, antwortete sie immer, „in Macao“. Das hörte sich für sie an wie „das Ende der Welt“ und nur so konnte sie erklären, wo sich genau ihr Ehemann befand. Eines Tages kam er zurück und stellte mit Verwunderung fest, dass ihn alle nur Macao nannten. „Macao ist schon okay“, sagte er zu sich. „Nicht, dass ich nicht schon mal in Macao war“, erzählte mir der Koch, „dort war ich zum ersten Mal in einem türkischen Bad!“ „Ein türkisches Bad in Macao? Wie kann das wahr sein?“, fragte ich. „Na einfach so“, erzählte er weiter, „und die Chinesinnen sind mit dir zusammen im Bad!“ Er zwinkerte mir zu.

Es folgten unzählige Geschichten aus seiner Baron-Münchhausen-Welt. Dort gibt es wirklich alles – einsame Inseln, tote Seemänner, die ins Meer geworfen wurden, riesige Meeresstürme, Meeresungeheuer und Piraten. Ja, ja, Piraten, jene somalischen Piraten, die immer noch Schiffe kapern. Er war in jedem Hafen dieser Welt und hatte überall ein Liebesabenteuer erlebt. Als er erfuhr, dass ich aus Bulgarien bin, fingen seine Augen zu leuchten an. „Ooooh, Bulgarien, Schwarzes Meer! Sehr guten Champagner habt ihr in Bulgarien! Und Frauen mögen Champagner! Ich habe dort in Bulgarien so viel ...“ Die Sprache der Seeleute ist nicht als die schmeichelhafteste bekannt. Natürlich basierte die Hälfte von Macaos Geschichten auf Handlungen, die ich auch schon in Abenteuerromanen gelesen hatte. Eigentlich war Macao ein ewiges Kind.

Am letzten Abend, bevor ich nach Hause fahren sollte, fragte ich ihn, ob er schon immer ein Schiffskoch gewesen sei. Tränen füllten seine Augen. Es schien, als ob er mir *diese* Geschichte nicht erzählen wollte. Da er mir aber schon so viele Geschichten erzählt hatte, erzählte er schließlich auch diese. Eigentlich war er Schiffsnavigator, sogar zweiter Kapitän. Aber er hatte Pech: Eines Abends geriet sein Schiff in einen starken Sturm, die Kette des Ankers riss und das Schiff wurde in Richtung Felsenküste getrieben. Mit letzter Kraft schaffte es Macao, das Schiff auf eine

Sandbank zu lenken. *Jetzt weinte Macao mit voller Kraft.* Damals verlor er seine Kapitänslizenz. Niemand wollte ihn mehr an Bord haben, man glaubte, er würde Pech bringen. Aber wie hätte er sonst nach Hause kommen sollen? So wurde Macao Schiffskoch. Vor zwanzig Jahren.

Ich wusste, dass er mich anlog. Warum weinte Macao? Wegen seiner verlorenen Jugend? Wegen den ganzen schönen Abenteuern, die ihm nie passiert sind? In seiner Erzählung lebte er das Leben, das in Wirklichkeit an ihm vorbeigegangen ist. Ich wollte ihn trösten, aber ich wusste nicht wie. „Ich wollte auch Seemann werden", sagte ich, „als ich mir als kleines Kind das Meer in Varna anschaute ..."

Macao winkte mit der Hand. Irgendjemand hatte ihn in die Küche gerufen.